바보 리더의 꿈

초판 1쇄 발행 2016년 3월 12일
   4쇄 발행 2019년 7월 5일

지 은 이 손인춘
발 행 인 권선복
편　　집 천훈민
디 자 인 이세영
마 케 팅 권보송
전 자 책 천훈민
발 행 처 도서출판 행복에너지
출판등록 제315-2011-000035호
주　　소 (07679) 서울특별시 강서구 화곡로 232
전　　화 0505-613-6133
팩　　스 0303-0799-1560
홈페이지 www.happybook.or.kr
이 메 일 ksbdata@daum.net

값 15,000원

ISBN 979-11-5602-525-2　　03810

Copyright ⓒ 손인춘, 2016

도서출판 행복에너지는 독자 여러분의 아이디어와 원고 투고를 기다립니다. 책으로 만들기를
원하는 콘텐츠가 있으신 분은 이메일이나 홈페이지를 통해 간단한 기획서와 기획의도, 연락처 등
을 보내주십시오. 행복에너지의 문은 언제나 활짝 열려 있습니다.

바보
리더의 꿈

도서
출판 행복에너지

‖ 목차

 5부 **국민을 섬기는 국회의원이 되다**

국민의 건강에
대해 생각하다

앞으로 바이러스 시대가 다가오고 있다. 이 시대가 도래하면 과학이 아무리 발전해도 인간은 병을 잡을 수가 없게 돼 버린다. 이에 대처하려면 병의 원인을 역추적해서 잡아야만 한다. 그러나 약을 만들어 낼 때까지 기다리기에는 인간에게 주어진 시간이 부족하다.

과학이 발전함에 따라 인간의 생활은 편리해졌지만 화학반응을 통한 환경 변화로 오존층이 파괴되었고 그로 인해 지구의 온도가 높아지게 되었다. 이러한 지구 온도의 변화는 몸의 영양을 파괴했고, 몸의 기능 저하로 이어졌다.

의학이 아무리 발전했다고 해도 하나님께서 최초로 만드신 인간의 오장육부 그대로의 건강함을 갖고 살기는 어렵다. 그러나 오장육부가 건강해야 수술을 해도 회복이 빠르고 병의 재발을 막을 수 있다. 아버지께서는 몸을 50~60년을 사용했다 하더라도 오장육부가 건강하면 건강한 정신과 육체로 더 오래 살 수 있다고 말씀하셨다.

86년도에 한국에서 최초로 건강 기능성 식품 회사인 코리아비바를 설립했다. 한의사로서 사람들의 건강에 깊은 관심을 가지고 계셨던 아버지께서는 내 건강과 다른 사람의 건강을 좋아지게 하고 비즈니스도 된다고 하시면서 27살인 나에게 4,300원짜리 건강 기능성 비누를 만들어 주셨다. 그 비누는 피부병이 걸린 피부에 살균 소독을 해 주며 염증이 나거나 다쳤을 때 사용하면 좋은 효과를 주는 비누였다. 그러나 그 당시 우리나라 사람들은 250원짜리 비누를 쓸 때였고 그렇기에 사람들이 이러한 비싼 비누를 이해할 리는 만무했다. 아버지께서 만들어 주신 비누는 결정적으로 비싸서 팔리지 않았다.

그 당시 내 몸은 붓고 아프기 시작했다. 부모님과 할머니께서 운영비를 대 주시고 어린 자녀를 돌보아 주셨지만 생활은 여전히 힘들었다. 이미 한국플라워라는 회사를 운영하다 한 번 망해서 빚도 진 상태였기 때문에 경제적으로 많이 힘들었던 것이다. 그러던 어느 날 시세이도에서 인터뷰 요청이 왔다. 나는 수락했고 1시간 반 동안 인성의 이념과 원료 그리고 효능에 대해 인터뷰했다. 그렇게 계약을 하게 되었고 시세이도에 판매를 시작했다. 그로 인해 우리 회사는 일어나기 시작했고 그 수익을 가지고 기능성식품의 원료를 수입했다.

우리 아버지께서는 원료 이름이 같다고 효과가 같은 것은 아니라고 말씀하셨다. 칼슘을 예로 들면 굴 껍데기, 조개껍질 그리고 석회석을 만들 때 쓰는 것도 칼슘 원료로 쓸 수 있다. 하지만 우리는 바닷속에 살아 있는 해조류의 칼슘과 다른 좋은 원료를 가지고 배합 기술을 통해 완제품을 만든다.

식품 한 가지를 가지고 몸을 건강하게 하는 것은 무리다. 아버지께서는 특히나 배합의 중요성을 강조하셨다. 그래서 인성의 건강 기능 식품은 인체 원리를 중심으로 만드는 것과 제대로 된 원료 배합이 노하우다. 이러한 비결로 만든 식품은 사람의 면역을 높여줄 수 있다.

지금까지 인성은 면역에 중점을 맞춰 식품을 개발하고 있다. 이러한 원천 기술을 빼앗기지 않기 위해 많은 노력을 기울였다. 과거에는 원천 기술을 지킬 만한 규정이 없었기 때문에 미국 FDA에서 2000년도에 먼저 허가를 받았고 한국에서는 2004년에 기능성 허가를 받았다.

나는 사업을 하면서 스트레스를 많이 받아 갑상선, 부정맥 등으로 몸이 아프기도 했지만 하나님을 영접함과 동시에 말씀을 읽고 기도를 하면서 포기하지 않고 기업을 이끌어 나갔다. 그 후 기업은 성장했고 나의 건강도 회복되었다.

또한 내가 사랑하는 대상들이 나를 지탱해 주었다. 감수성이 예민하고 열정적인 성격을 가진 나는 사랑하는 대상이 참으로 많기 때문이다. 아이들, 가족, 일, 직원들과 고객, 좋은 상품 개발, 나라, 소외 계층, 나눔, 새싹, 꽃, 약초 등……. 나는 이처럼 많은 대상들을 사랑하며 살아가는 것에서 즐거움과 행복을 찾는다. 이 모두는 내가 살아가는 데 없어서는 안 될 중요한 존재들이다. 나는 이들과 함께 호흡하고, 부대끼고, 이들과 함께 행복해하면서 살아가고 있다. 때때로 삶이 힘들 때, 외롭다고 느껴질 때, 나는 내가 사랑하는 대상들을 돌아본다. 그리고 그들에게서 위안과 용기를 얻는다. 사랑하는 누군가가 주변에 있다는 것은 든든한 배경이 되기 때문이다.

　나는 소외 계층에 대한 지대한 관심으로 미혼모, 소년소녀가정의 중고등학생에게 장학금을 주어 28명을 졸업시켰고 부끄럽지만 이러한 사실이 알려져 92년엔 최연소 자랑스런 서울 시민상을 수상했다. 또한 건강을 회복할 수 있는 물질 개발과 여성 교육을 통해 일자리 창출을 하여 여성부에서 선정한 1호 신지식인상을 수상했다. 내가 그저 좋아서 시작한 일들이 부메랑처럼 다시 내게 좋은 일로 되돌아왔다.

　나는 내가 원하는 일을 하면서 그 일을 통해 내 인생이 보다 알차고 아름답게 되기를 바랐다. 이런 생각이 일, 곧 인생을 사랑하게 했고 쓰라린 고통을 달게 받아들일 수 있게 했다. 그러다 보니 고통의 순간을 이겨 내는 나만의 노하우도 생겼다. 나는 고통을 고통으로 여기지 않았다. 실패의 순간에도 좌절하지 않았다. 실패의 원인을 분석하고 잘못된 부분을 바로잡아 나갔다.

　내가 실패를 두려워하지 않는 것 중 하나는 부모님께서 주신 목표가 내 것이 되었기 때문이다. 국민의 정신적, 육체적 건강을 지키고 병을 치유하는 데 목표를 둔 아버지께서 주신 기술로 만든 상품의 효능으로 많은 사람들이 효과를 보는 것이 내게 보람이 되고 있다. 이는 내가 어려운 상황에서도 포기하지 않도록 해 주는 원동력이었다. 그렇기에 나는 1997년 IMF 등을 견디면서 27년 동안의 사업을 견뎌 온 것이다.

　나는 사업을 시작하면서 왜 기업이 존재해야 하는가에 대한 질문을 많이 해 보았다. 자본주의 사회에서는 기업의 목적이 영리와 부의 창출에 있겠지만 나는 그것과는 다른 차원에서 기업의 존재 이유를 찾았다. 사랑과 정성과 봉사로 소비자와 사원을 감동시키는 기업, 사회와 국가에 보탬이 되는 기업을 만들자는 것이 바로 나의 목표였다.

아버지의 유언은 "인성의 상품이 고객의 정신과 육체적 건강을 위해 병을 예방하고 이미 병이 있는 사람들에겐 회복을 주어야 한다."라는 것이었다. 사업을 하며 힘든 일도 많았고 나와의 싸움을 해야 할 때가 많았지만 이러한 아버지의 유언을 우리 회사의 목표로 생각하며 부단히 노력했다.

또한 나는 기업을 경영하면서도 지속적으로 나눔을 실천한 끝에 새누리당 감동인물로 선정되어 비례대표 공천을 받아 2012년에는 국회에 입성했다. 국회의원이 된 후에는 진정으로 국민을 섬기며 나에게 주어진 일에 최선을 다했고 그 결과 4년 연속 새누리당 국정감사 우수의원으로 선정되었으며 2016년 2월에는 270개 시민사회단체가 수여하는 4년 종합헌정대상을 수상했다. 그렇게 숨 가쁘게 4년을 달려왔다.

많은 사람들이 나를 가리켜 성공한 사람이라고 하지만 나는 그렇게 생각하지 않는다. 진정한 성공은 외형적, 물질적 성공이 아님을 잘 알기 때문이다. 그런 점에서 나는 이제 출발선에 서 있는 셈이다.

율현동, 리더십 센터에서

꼿꼿한 마음으로 애국심을
드러내는 한련화, 손인춘 作

1부

경영, 성공보다는
의미에 집중하다

* * *

지금 실패로 인해
어려움과 좌절을 겪고 있는 사람들에게
나는 당당히 말하고 싶다.
포기만 하지 말라고.
현재의 고통을 이겨 내면
미래의 언젠가는
결실을 맺을 수 있을 거라고.

여군 손인춘,
사업을 시작하다

6년간의 여군 생활을 마감하고 고향으로 내려가는 기차에 올랐다. 아쉬움과 기대감이 동시에 교차했다. 그러나 자리에 앉아 물끄러미 창밖을 보던 나는 이내 여군 생활을 더 했더라면 하는 아쉬움을 휙휙 지나가는 풍경들 속에 던져 버렸다. 그 대신 미래에 대한 기대감으로 마음을 가득 채워 나갔다. 무엇을 할 것인가. 머릿속에서 뒤척이는 생각들을 구체적으로 형상화시켰다가 지워 버리고 다시 그리기를 몇 번, 어느새 기차는 목적지에 닿아 있었다.

지금도 그때를 생각하면 저절로 웃음이 머금어진다. 군에 있을 때 수많은 경영 서적을 뒤적이며 경영자의 꿈을 키웠던 나는 전역을 하자마자 구체적인 실현 방법을 찾았고 이런저런 사업 구상을 하며 경영학 서적을 보는 데 시간을 쏟았다.

스물여덟, 어리다면 어린 나이에 직장을 다니기보다는 사업을 하겠다는 야심 찬 계획을 세웠던 것이다. 그러나 내 계획은 뜻하지 않았던 결혼으로 미루어지게 되었다. 어느 날, 사업 구상에 여념이 없던 나에게 어머니는 조용히 말씀하셨다.

"인춘아, 너도 이제 혼기가 찼는데 결혼을 해야지. 중매가 들어왔는데 선 한번 보는 게 어떻겠니?"

어머니는 혼기가 꽉 찬 딸이 시집갈 생각은 하지 않고 사업 구상을 하는 것이 안쓰러워 보였던지 여기저기 중매를 부탁해 두었던 모양이었다. 특별히 독신을 고집하지 않았던 나는 선보는 것을 마다하지 않았고 그 뒤로 일주일에 한 번씩 선을 보게 되었다. 결국 군 제대 후 6개월 만에 결혼을 하게 되었다. 그러나 결혼한 후에도 나는 경영자가 되겠다는 꿈을 버리지 않았다. 결혼했다고 해서 내 능력을 잠재우고 싶지는 않았던 것이다.

나는 어릴 때부터의 꿈인 건설 회사는 아직 시기상조라는 생각에 내가 가장 잘할 수 있는 일을 찾았다. 문득 꽃 생각이 났다. 군에 있을 때 이미 꽃꽂이 강사 자격증을 따 놓았던 터였다.

나는 꽃과 그림을 좋아한다. 꽃과 그림을 좋아하지 않는 사람이 어디 있을까마는 나는 유난히 꽃과 그림을 좋아하는 편이다. 나는 꽃을 무척이나 좋아하여 지금도 시간이 날 때마다 꽃 그림을 그린다. 체격이 남들보다 큰 편이고 군 생활을 했던 터라 매사에 절도가 있어 사람들은 종종 내가 여성이라는 사실을 잊을 때가 있나 보다.

뜨개질을 하고 있으면 "아니, 손 사장이 뜨개질도 해요?"라고 말하면서 의외라고 놀라는 사람들이 많다. 일하는 스타일도 선이 굵은 편이어서 더욱 그런지 모른다. 하지만 내면은 아주 섬세한 편이다. 뜨개질이나 꽃꽂이 등의 일을 제법 잘 해낸다. 언니가 결혼할 때 레이스 뜨개로 침대보, 식탁보 등을 만들어 선물했을 정도다. 이런 이야기를 하면 주변 사람들이 나답지 않다고 말할 때가 많다. 화원 앞을 지날 땐 작은 들꽃에도 나는 쉽게 마음을 빼앗긴다. 마음에 들면 사지 않고는 못 배기는 성미다.

나는 이런저런 궁리 끝에 꽃꽂이 사업이 내게 적격이라는 판단을 내렸다. 남편은 내 이야기를 듣고 마침 좋은 아이디어를 내놓았다. 호텔, 백화점 매장 등에 크리스마스트리, 꽃 장식 등 디스플레이를 해 주는 사업인데 생화로 디스플레이를 할 경우 관리 대행도 하는 것이었다. 당시로서는 획기적인 아이디어였다. 나는 당장 사업자 등록증을 내고 '한국플라워'라는 회사를 설립했다. 남편은 시아버지와 함께하던 사업에서 손을 떼고 나를 도와주기로 했다.

그러나 막상 사업을 시작하자 여기저기 돈 들어가는 것이 한두 푼이 아니었다. 초기 투입 자본이 만만치 않았던 것이다. 사무실을 얻는 일, 홍보를 하는 일 등 모두 돈 없이는 불가능했다. 당시 내 수중에는 돈이 없었다. 돌고 도는 것이 돈이고 사업은 시작부터가 돈을 쓰는 일이다. 돈이 없다는 것은 사업체를 돌릴 수 없다는 것을 의미한다. 내가 할 수 있는 일은 거의 없었다.

"나간 돈은 어떤 방식으로든 들어온다. 너무 마음 쓰지 마라."

나는 아버지가 내게 해 주신 말씀처럼 그러려니 하고 지냈다. 그러나 막상 사업을 하려고 하자 자금이 달려 여간 아쉬운 게 아니었다. 하는 수 없이 사업 자금은 할머니와 아버지의 도움을 받아 마련했다.

야심과 열정을 가지고 도전한 '한국플라워'는 사업 초기부터 좋은 반응을 얻었다. 당시로서는 미개척 분야인 꽃 디스플레이가 업계에 큰 반향을 불러일으켰던 것이다. 십여 명의 직원으로는 일손이 모자랄 정도였다.

첫아기를 임신 중이었던 나는 몸을 보살필 겨를도 없이 일에 매달렸다. 사업이 번창하는 만큼 해야 할 일도 많았다. 숨 돌릴 틈도 없었다. 내가 직접 나서서 거래처 관리부터 재무, 자재 관리까지 하느라 온몸이 퉁퉁 부을 지경이었다. 일은 감당할 수 없을 정도로 밀려오는데 내 몸 상태는 점점 심각해졌다.

나는 점점 회사에 나가지 못하는 날이 많아졌다. 결국 회사 일은 남편이 책임을 지고 도맡아 하게 되었다. 그때부터 여기저기서 문제가 터지기 시작했다. 남편 혼자 회사 일을 감당하기에는 역부족인 것 같았다. 그는 몹시 힘들어하다 어느 날 내게 회사를 정리했으면 한다는 말을 했다.

"제법 규모가 큰 건설 회사 이사가 우리 회사를 인수해서 자기 부인에게 맡기고 싶다는데 당신 생각은 어때? 건강을 해치면서 사업이 다 무슨 소용이야. 당신의 정신을 이어서 잘해 보겠다는데, 괜찮지 않아?"

나는 한참을 망설였다. 할머니와 아버지의 도움을 받아 어렵게 시작한 사업이었다. 하지만 관리를 제대로 못 할 바에야 회사를 정리하는 것도 좋을 듯싶었다. 나는 남편에게 뒤처리를 맡기고 몸조리에 신경을 썼다.

그러나 그것이 불찰이었다. 건설 회사 이사는 계약금으로 500만 원을 건네고는 서류를 조작해 회사를 통째로 삼켜 버린 것이다. 계약하는 일에 신경을 쓰지 못한 것이 엄청난 결과로 나타난 것이다.

뒤늦게 사기를 당한 것을 안 나는 백방으로 수소문하며 사태를 수습하려 했지만 방법이 없었다. 나는 나중에야 우리에게 사기를 쳤던 이사는 다른 사람들에게 사기를 치다 발각되어 구속되었다는 소리를 들었다.

남편은 사태가 그 지경이 될 때까지 속수무책으로 아무런 힘도 쓰지 못했다. 결국 아버지에게서 빌린 사업 자금 1억 5천만 원을 날리고 3천만 원이나 되는 빚을 떠안게 되었다.

그러나 사업이 잘돼도 오너가 경영 능력이 없으면 기업은 실패하게 마련이다. 장밋빛 꿈을 안고 야심 차게 출발했던 '한국플라워'는 불과 1년여 만에 남의 손으로 넘어가고 말았다.

○

창업보다는 수성

당나라 태종의 훌륭한 정치를 일컬어 흔히 '정관貞觀의 치治'라고 말한다. 정관은 태종대의 연호다.

태종에게는 오긍이라는 뛰어난 신하가 있었다. 오긍은 태종에게 결코 충성심을 드러내지 않았다. 오히려 귀에 거슬리는 고언苦言으로 늘 태종을 불편하게 만들었던 존재였다. 그러나 태종은 오긍의 말을 곡해하지 않았다. 그는 자신의 단점을 지적하는 오긍이라는 신하의 고은을 받아들여 훌륭한 군주의 모습을 갖추어 나갔다. 훗날 오긍은 당 태종의 업적을 기록한 책을 남겼는데 이것이 바로『정관정요』다. 이 책은 수백 년 동안 군주들의 필독서였고, 현대의 정치인들과 기업인들도 필독서처럼 읽고 있다.

『정관정요』를 보면 '창업보다는 수성'이라는 말이 나온다. 나라를 세우는 것보다 지키는 것이 더 어렵다는 뜻이다.

'한국플라워'의 실패는 '창업보다는 수성'이란 말을 실감케 해 주었다. 기업을 시작하는 것도 물론 쉬운 일은 아니었다. 하지만 기업을 유지하고 발전시켜 나가는 것은 몇 배 더 어려웠다. 30년 전 그때를 회상해 보면 당시 3,000만 원이라는 빚은 나에게 큰돈이었다.

그러나 이대로 주저앉아 있을 수만은 없었다. 실패는 나에게 큰 장애가 되진 못했다. 군에 복무하던 시절 그 어려운 극기 훈련을 이겨 낼 수 있었던 것은 참고 견디면 언젠가는 다디단 휴식이 주어진다는 사실을 알고 있었기 때문이었다. 그렇듯이 비록 실패는 했지만 반드시 성공할 수 있다는 신념이 내 마음속에는 굳건히 자리하고 있었다. 나는 냉정하게 실패의 원인을 분석했다.

첫 번째 원인은 관리에 있었다. '한국플라워'는 일이 없어서 헤매는 사업체가 아니었다. 오히려 식사할 시간이 없을 정도로 바빴다. 그것이 독이 되었던 것이다. 사업은 잘됐지만 관리가 제대로 이루어지지 않았던 것이다.

두 번째 원인은 경영자로서의 준비가 부족하다는 데 있었다. 경영자는 기업을 이끌어 나갈 능력을 갖춘 전문가, 지식인이어야 하는데 나는 준비된 경영자가 아니었던 것이다.

세 번째 원인은 경영자가 모든 일을 다 해야 한다는 잘못된 생각을 가진 데 있었다. 이번 일을 통해 나는 오너가 할 일이 따로 있고 직원이 할 일이 따로 있다는 것을 절감했다. 나는 재무관리, 자재관리 등에까지 신경을 쓰느라 정작 경영자로서 해야 할 일을 놓친 것이다. 직원들에게 동기를 부여하고, 거래처를 관리하고, 업무를 분석하고 영업의 목적을 달성하는 것이 경영자가 할 일인 데도 불구하고 그 부분에는 신경 쓰지 않고 직원들이 할 일을 내가 하고 있었던 것이다.

그때의 경험은 나에게 많은 도움이 되었다. 나는 모든 것을 철저히 전문가들에게 맡긴다. 제품 생산은 제품 생산 시설이 잘 준비된 공장에, 회사 홍보는 홍보 전문가에게, 재무는 유능한 재무 전문가에게 맡긴다.

인성내추럴 직원들은 한 사람 한 사람이 곧 소규모 경영자다. 대부분의 직원이 상담사다. 그렇기 때문에 직원 교육에 소홀해지지 않도록 직영점을 운영하며, 상담사 교육에 많은 시간과 비용을 투자한다. '상담도 엄연히 하나의 기술'이라는 인식 아래 소비자를 많이 보유하는 것보다 더 중요한 것은 관리다. 물건을 구매한 소비자가 물건을 제대로 사용하는지 그것으로 인해 얼마나 건강을 회복하는 데 도움을 받았는지 혹시 돈만 낭비했다는 생각은 하지 않는지 등을 꼼꼼히 체크하게 하는 것이다. 특히 우리 회사는 건강 기능 식품을 상담하는 건강 전문 회사다. 고객이 구입한 제품이 건강이 호전되는 데 도움을 주었는지 어떤 변화가 있었는지 건강에 맞게 식생활을 개선시켰는지 등 사후 관리를 철저히 하도록 요구한다.

나는 전체 상담에서 건강에 관한 상담을 20%, 사후 관리는 80%의 비중을 뒀다. 단 한 사람이라도 피해를 보는 소비자가 생겨서는 안 되기 때문이다. 따라서 한 사람이 40명 이상은 관리하지 못하도록 하고 소비자와의 원활한 소통을 통해 고객 만족도를 높이는 데 주력했다. 이는 결국 기업이 사는 길이기 때문이다. 만약 기업이 관리를 하지 않고 계속 물건만 판다면 소비자가 늘어날지 모르지만 다른 한쪽에서는 불만이 쌓이기 마련이다.

　경영의 목적은 돈을 버는 것에만 있는 것은 아니다. 진정한 경영이란 회사, 사원, 소비자가 삼위일체로 보람과 행복을 느끼는 것이다. 인성내추럴의 입장에서 보면 경영의 목적이란 '국민들이 우리 제품을 통해 늘 건강을 유지하여 행복한 삶을 영위하는 것'이다. 창업보다는 수성, 즉 사업을 벌이는 것보다 지키는 것이 중요하다는 당 태종의 말은 그래서 더욱 소중하다.

　국회의원이 된 후에도 그 생각은 변함이 없다. 정치의 목적 역시 개인의 업적과 명예를 높이는 데 있지 않다. 이를 잊은 일부 정치인들의 지키지 못할 공약과 보여주기 식의 행정이 난무하는 현실에 이따금 안타까운 마음이 든다. 헌법에 명시된 행복추구권을 타인의 행복추구권을 침해하지 않는 한도 내에서 개개인이 마음껏 누릴 수 있도록 노력해야 함이 정치인으로서의 올바른 자세가 아닐까. 모든 국민이 건강한 몸과 마음을 바탕으로 행복한 삶을 영위할 수 있도록, 앞으로도 더욱 최선을 다할 것이다.

다시 일어나다

철혈재상으로 우리에게 잘 알려져 있는 프로이센의 비스마르크가 어느 날 친구와 함께 사냥을 갔다. 깊은 숲 속에서 사냥을 하던 그는 갑작스럽게 울려 퍼지는 친구의 비명 소리를 들었다.

"사람 살려! 사람 살려!"

깜짝 놀란 그는 서둘러 비명 소리가 나는 곳을 찾아갔다. 친구는 늪에 빠져 헤어나오지 못하고 있었다. 그 순간 비스마르크는 간절히 구원의 눈길을 보내고 있는 친구에게 느닷없이 총부리를 들이댔다.

"자네, 어차피 혼자 힘으로 늪을 나오진 못할 걸세. 늪에 빠져 죽느니 차라리 내 손에 죽는 것이 낫지 않겠나?"

"뭐야? 나를 살려 주지는 못할망정 죽이겠다고?"

비스마르크의 행동에 배신감을 느낀 친구는 사력을 다해 늪을 헤쳐 나오기 시작했다. 그의 머릿속은 어떻게든 살아나가 저 고약한 놈에게 복수해야겠다는 일념으로 가득했다. 간신히 늪을 빠져나온 친구는 몹시 지쳐 있음에도 불구하고 총부리를 들이대고 있는 비스마르크의 멱살을 잡고 죽일 듯이 덤벼들었다. 그러나 비스마르크는 아주 차분하게 말을 꺼냈다.

"친구, 흥분을 가라앉히게. 만일 내가 자네를 살리겠다고 늪 속으로 뛰어들었다면 우린 둘 다 힘이 빠져 죽었을 걸세. 자네는 내가 죽이겠다고 하자 나에 대한 복수심으로 죽을힘을 다해 살아나온 것이 아닌가? 이제 그만 쉬도록 하게."

비스마르크의 말을 들은 친구는 그제야 그의 진심을 알고 고마워했다고 한다.

첫 사업에 실패하고 새로운 사업을 시작해야 한다는 마음은 있었지만 쉽사리 용기가 나지 않아 머뭇거리고 있을 때였다. 그때 아버지로부터 걸려 온 전화 한 통이 나에겐 큰 자극이 되었다.

"너 내 돈 언제 갚을래? 빨리 갚아라."

아버지는 그 한마디만 하시고는 전화를 끊으셨다. 아버지에게 사업 자금을 빌렸지만 돈을 갚아야 한다는 생각을 하지 못하고 있던 나는 정신이 번쩍 들었다. 나는 비로소 깨달았다.

'아버지 돈도 갚아야 하는구나.'

어쩌면 내 마음속 어느 한구석에는 아버지에게 의지하고자 하는 마음이 은근히 자리 잡고 있었는지도 몰랐다. 나는 아버지의 전화가 첫 사업에 실패한 딸이 절망에 빠지지 않도록 하기 위한 것이었음을 절실히 느낄 수 있었다. 비스마르크가 친구에게 했던 것처럼 아버지는 나에게 절망의 늪에서 빠져나올 수 있는 기회를 주신 것이었다.

나는 첫아이를 출산하고 아이를 키우면서 몇 개월 동안 열심히 새로운 사업을 준비했다. 반드시 내 힘으로 일어서서 아버지의 돈을 갚아야겠다는 생각이 들었다. 나는 실패의 원인을 분석하고 경영학 공부를 다시 하며 내가 무엇을 하면 성공할 수 있을까를 고민했다.

'내가 가장 잘 아는 분야의 일은 무엇일까?'

그때 아버지께서는 미래에는 바이러스 전쟁이 올 것이라고 말씀하셨다. 이러한 사태가 발생한다면 전쟁에서보다 더 많은 사람이 사망하게 된다고도 말이다. 그러면서 오장육부가 건강하면 병을 예방할 수 있고, 이미 병에 걸린 사람이라도 병의 회복이 쉬워진다고 말씀하셨다. 나는 이러한 아버지의 말씀에 착안하여 바이러스가 침투하지 못하도록 몸을 건강하게 할 수 있는 방법이 무엇일까 고민하기 시작했다.

절망의 끝에서
희망을 보다

　나는 코리아비바를 설립했다. 평생 환자를 돌보며 살아오신 아버지는 자신의 노하우를 살려 기능성 한방 비누를 개발해 주셨다. 나는 아버지께서 만들어 주신 이 한방 비누를 판매하기 시작했다. 그러나 사업은 생각만큼 잘되지 않았다. 당시에는 250원짜리 비누를 쓰던 시절이었다. 그러한 상황에서 살균 소독이 되며 흉터도 없애 주는 효과를 지닌 비누를 소비자가 이해할 리 만무했고 가격이 4,300원으로 비쌌기 때문에 팔리지가 않았던 것이다.

　상품을 개발해 놓고 6개월이 지나도록 비누 한 장 팔지 못하자 당연히 경영에 압박이 오기 시작했다. 고정 비용은 계속 투입되는데 매출이 없으니 도무지 견뎌낼 재간이 없었다. 하지만 실패를 거듭할 수는 없었다. 희망은 있었다. 나에겐 아버지가 개발한 기능성 한방 비누에 대한 자신감이 있었고 언젠가는 성공할 수 있으리라는 확신이 있었다. 그러나 판매 부진은 계속되었고 자신감은 점차 사라져 갔다. 남편은 다시 시아버지가 하는 사업을 돕고 있었기 때문에 코리아비바는 나 혼자 힘겹게 꾸려 나갈 수밖에 없었다. 그런 나를 안타까워하고 있던 언니가 나에게 전화를 했다.

"얘, 인춘아. 아무래도 네 사업이 잘될 모양이다. 꿈을 꿨는데 네 공장에 비누를 사려는 사람들이 몰려들어 미처 포장도 하기 전에 팔려 나가더라."

그러면서 언니는 희망을 버리지 말라고 용기를 주었다. 동생이 잘 되기를 얼마나 열망했으면 그런 꿈까지 꾸었을까. 나는 눈물이 나오는 것을 간신히 참았다.

하지만 언니의 소망과는 달리 일은 잘 풀리지 않았다. 설상가상으로 어떤 사람은 우리 비누를 팔아 보겠다고 왕창 가지고 가서는 물품 대금을 꿀꺽하고 삼켜 버렸다. 처음에는 속이 상해 발을 동동 굴렀지만 어릴 때 들려주신 아버지 말씀을 떠올리고 마음을 다스렸다.

"나간 돈에 미련을 두지 마라. 나간 돈은 반드시 들어오게 마련이다. 돌고 도는 것이 돈이다."라고 하셨던 아버지의 말씀이 나에게 큰 위안이 되었다.

오래전에 우리 집은 염전을 가지고 있었다. 그러나 멀리 바닷가에 있는 탓에 직접 관리를 할 수 없어 그 마을 사람에게 관리를 맡겼었다. 아버지가 우리를 데리고 소금을 가지러 가면 창고에는 염전에서 거두어들일 수 있는 양의 반밖에 없었다. 관리하는 사람이 소금을 내다 팔았기 때문이었다. 꼼꼼하신 아버지가 그 사실을 모를 리 없었지만 아버지는 관리인을 불러 따지거나 책임을 묻지 않으셨다. 그의 고되고 어려운 생활을 헤아리셨기 때문이다. 일부러라도 어려운 이웃을 도우셨던 아버지로서는 당연한 일이었다. 당시 우리 집안이 소유하고 있었던 방앗간 또한 사정은 마찬가지였다.

나는 받지 못한 물품 대금에 더 이상 미련을 두지 않기로 마음먹었다. 돈에 집착하다가는 정작 내가 해야 할 일을 제대로 못할 것 같았다.

그러던 어느 날 언니의 꿈은 현실이 되어 나타났다. 사업을 하는 오빠 친구가 우리 비누를 취급하면서부터 비누의 기능이 입소문을 타기 시작했고 점차 주문량이 많아졌던 것이다. 하지만 기쁨도 잠시, 건강은 악화 일로로 치달았고 사업은 더 이상 지탱하기가 어려워졌다. 급기야 수표는 부도가 나고 말았다.

남편의 외도에 신경 쓸 정신적인 여유가 내겐 없었다. 실패했다는 사실만이 객관적인 내 현실이었다. 실패를 딛고 일어설 방법을 찾아야만 했다. 어떤 사람들은 남편이 바람을 피우면 죽네 사네 난리를 친다. 하지만 나는 그런 것조차 사치스러운 감정이라고 여겼다.

당시 가장 견디기 힘들었던 것은 주위 사람들의 시선이었다. 우리나라 사람들은 사업에 성공하면 인생에 성공하는 것이고 사업에 실패하면 인생마저 실패한 것으로 보는 경향이 있다. 사업에 실패한 사람을 인생의 낙오자로 생각하고 기회를 주지 않는다. 격려나 위로보다는 손가락질을 하고 질타를 한다. 그뿐만 아니라 그 사람의 도덕성까지 의심한다. 그렇기 때문에 한 번 실패한 사람은 좀처럼 수렁에서 빠져나오기 어려운 것이다.

물론 실패한 사람이 다시 성공하기 어려운 것은 그 자신의 의식에도 원인이 있다. 그들은 스스로 실패로부터 벗어날 생각을 하지 않는다. 남 탓만 하고 있기 때문이다. 그러나 실패는 내 탓인 것이다. 그리고 실패한 사람에게는 어느 누구도 손을 내밀지 않는다. 실패에서 벗어날 수 있는 길은 단 하나, 자신의 피나는 노력뿐이다.

나는 마음을 추스르고 현재 내가 있는 곳의 위치를 정확히 살펴보았다. 이미 바닥에 닿아 있었다. 더 이상 내려갈 곳이 없었다.

"그렇다면 이제 올라가는 일만 남았다. 뒤로 물러설 곳이 없으니 앞으로 나가기만 하면 되는 것이다."

나는 나 자신에게 용기를 북돋워 주었다. 결코 포기하지 않았다. 그것은 곧 성공으로 향하는 길을 밝혀 주는 희망의 빛이 되어 내게 다가왔다.

세계적인 마케팅
전문가와의 만남

내 나이 29살. 꽃다운 나이는 아니었지만 모든 것을 다 잃기에는 젊은 나이였다. 나는 실패와 좌절의 나날들을 한 그루 나무처럼 온몸으로 견뎌냈다. 거친 비바람을 맞으면서도 마침내 다디단 열매를 맺는 과일나무처럼 말이다.

그날도 나는 경영학 서적들을 보면서 미래의 청사진을 그리고 있었다. 그때 낯선 사람으로부터 전화가 걸려왔다.

"동남아마케팅협회입니다. 저희 협회 회장으로 계시는 대만의 토마스 로이 회장님이 손 사장님을 뵙고 싶어 합니다. 한국에 마케팅 교육을 시킬 사람을 찾던 회장님께서는 손 사장님이 적임자라고 판단하셨습니다. 저희 협회에서는 각 나라마다 한 사람씩 마케팅 분야의 유능한 인재를 발굴하여 키우고 있습니다. 한국에서는 손 사장님께서 선택되셨습니다."

수화기를 통해 흘러나오는 이야기를 들으며 나는 애써 들뜬 가슴을 진정시켰다. 동남아마케팅협회에서 나를 선택했다니. 그것은 나에게 상당한 자부심을 심어 주었다. 축복이었다.

토마스 로이는 언론사와 제약 회사 등 수십 개의 회사를 거느린 경원그룹 회장으로 대만 경제계에서는 거물급 인사였다. 그런 사람이 마케팅 노하우를 전수하겠다고 나를 찾았다는 사실이 너무 신기했다. 나중에 알고 보니 전화를 건 사람은 경원그룹 홍콩 지사장이었다. 우리나라에서 대학을 나온 그는 한국에 있을 때 내가 경영을 해 나가는 모습을 지켜보고 토마스 로이 회장에게 보고를 했다고 한다.

그는 보고서를 검토한 로이 회장이 마케팅 전문가로 키울 사람으로 나를 낙점했다는 설명을 해 주며 거의 1년에 걸쳐 내가 적절한 인물인지 아닌지를 평가했다고 말했다. 귀가 번쩍 뜨이고 눈앞이 환하게 밝아지는 느낌이었다. 그렇지 않아도 사업 실패 이후 군대에서 했던 마케팅 공부를 더 해야겠다는 생각을 하고 있던 터였다. 낯선 홍콩 지사장을 따라 겁도 없이 대만으로 출발했다.

토마스 로이 회장을 만난 후 나는 일본, 중국, 홍콩 등지를 돌아다니면서 프랑스 마케팅 컨설팅 회사의 모이스 사장, IBM의 마쓰오 경제 부사장과 같은 세계적인 마케팅 전문가들에게 경영자 수업을 받았다. 그들은 인재 양성, 마케팅, 시스템 관리, 매니지먼트학 등 마케팅에 관한 전문적인 이론들을 내게 교육시켰다.

대학에서 경영학을 전공한 나는 처음에는 별 새로운 것이 있겠 냐는 생각을 했었다. 하지만 막상 강의를 들어 보니 그게 아니었다. 그들이 나에게 가르쳐 주는 것은 도서관에 처박혀 있는 죽은 지식 이 아니었다. 이론의 토대 위에 오랜 경험과 경륜으로 축적된 그들 의 경영 노하우는 살아 움직이는 지식, 그 자체였다. 또한 그들의 강의에는 경영의 지혜가 자연스럽게 녹아들어 있었다.

대개 2개월에 한 번씩 두세 명의 수강생을 데리고 교육을 하는데 1회 교육 기간은 3박 4일에서 5박 6일간이었다. 항공기 비용, 호텔 비, 교육비 등 비용이 만만치 않았다. 언어도 통하지 않아 통역관도 대동하고 수업을 들어야 했기 때문에 1회 수업료가 500만 원에서 1,000만 원 정도 들었다.

적지 않은 돈이 소요됐지만 나에 대한 투자라고 생각하고 공부 에 열성을 보였다. 사업 실패, 남편의 외도, 두 아이의 엄마라는 상 황에서 그런 열정이 어디에서 나왔는지 지금 생각해도 신기할 정도 다. 나는 그 모든 상황을 극복해 나가며 미친 듯이 공부를 하러 다 녔다.

나는 8년이라는 짧지 않은 기간 마케팅 전문가가 되기 위해 막대 한 돈과 노력을 투자했다. 사실 아버지의 도움이 없었으면 불가능했을 일이었다. 비록 사업에는 실패했지만 내가 다시 공부하겠다고 하자 아버지께서 선뜻 비용을 대주셨던 것이다.

나는 5년 정도 공부를 하고 난 후부터는 경원그룹 마케팅 컨설팅 회사에서 일반 리더들을 교육시켰다. 일본, 홍콩 등 동남아 지역에서 마케팅 강사로 활동하게 된 것이다. 한 번 교육을 하면 100명 정도 모였는데 25년 전이었음에도 불구하고 시간당 200~300달러를 받았다.

당시 내가 가장 우려했던 부분은 아이들 교육 문제였다. 아직 어린 아이들을 떼어놓고 다니자니 여간 마음이 쓰이는 것이 아니었다. 그러나 엄마가 아이들을 감싸 안고 있어야만 올바르게 성장한다는 생각은 하지 않았다. 나는 아버지의 가르침을 아이들에게 그대로 전했다.

"너희 인생은 너희 것이고 엄마 인생은 엄마 것이다. 너희들은 아직 어리니까 엄마가 어느 정도 클 때까지는 도와주겠다. 그 이후에는 너희 스스로 알아서 해야 한다."

이런 이야기와 함께 내가 왜 직장에 나가 일을 해야 하는지를 설명해 주었다. 아이들은 다행히 엄마의 입장을 잘 이해해 주었다. 내가 직장에 나갈 때 한 번도 가지 말라고 울고 떼를 쓴 적이 없었다.

아이들은 정말 잘 자라 주었다. 둘째 민기가 네 살 때 일이다. 하루는 검도장에서 연습을 하다 엄지발가락을 다쳤는지 다리를 절뚝거리며 돌아왔다. 나는 걱정스러운 얼굴로 물었다.

"괜찮아?"

그러자 민기가 "엄마, 이만하길 다행이야." 하며 내가 평소에 잘 하던 말을 꺼내는 것이 아닌가. 그 순간 나는 깜짝 놀랐다. 그때 나는 부모의 말과 행동을 아이들이 그대로 따라 한다는 사실을 깨달았다. 아이들이 엄마의 뜻을 거스르지 않고 잘 자란 8년 동안 나는 사업을 잘 해나갔으며 동남아마케팅협회프로그램 공부를 모두 마칠 수 있었다.

눈물 젖은 빵

"눈물 젖은 빵을 먹어 보지 않은 사람과는 인생을 논하지 말라."라는 말이 있다. 고통을 겪고, 고난을 당해 본 사람만이 인생을 안다는 뜻이다. 사실 살아가는 동안 누구나 한 번쯤은 시련을 겪기 마련이다. 그러나 고통을 어떻게 받아들이냐에 따라 그 결과는 다르게 나타난다. 나는 강의를 할 때면 "고통 속에 있을지라도 항상 긍정적인 사고로 고통을 맞아들이라."라는 이야기를 자주 한다.

어떤 사람들은 고통을 받아들이는 태도에 따른 등급을 다음과 같이 나누기도 한다.

1. 피고避苦 — 고통을 피하는 것으로 이는 가장 저급의 방법이다.
2. 인고忍苦 — 고통을 참는 단계다.
3. 안고安苦 — 고통을 더 이상 고통으로 생각하지 않는 단계. 고

통 속에서도 편안함을 느낄 수 있는 상태를 말한다.

4. 낙고樂苦 ─ 고통도 즐길 수 있는 단계. 고통도 약이 된다.

고통을 즐길 정도까지는 아니었지만 나는 당면한 고통과 어려움을 피하려 하지 않았다. 내 상황을 긍정적으로 받아들이려고 노력했다. 연이은 두 번의 사업 실패는 나에게 극심한 경제적 고통을 안겨 주었고 임신 후유증과 스트레스로 인해 건강마저 악화되어 있었다. 그래도 나는 사업을 포기하지 않았다. 내가 있는 곳이 바닥이니 이제 올라갈 일만 남았다는 인식이 내게는 희망이 되었다.

물론 사정 이야기를 하면 아버지는 도움을 주실 것이었다. 그러나 아무리 부모 자식 간이라고 해도 자존심이 허락지 않았다. 공부하는 데 필요한 만만치 않은 비용을 대주셨는데 회사 경영까지 도와 달라고 할 수는 없었다.

임신 후유증으로 인한 신부전증, 심장 질환 등으로 몸이 퉁퉁 부어올랐지만 나는 한 푼이라도 아끼기 위해 버스를 타고 출퇴근을 했고 점심때는 빵 한 조각으로 끼니를 때울 때도 있었다. 그러나 내 마음을 가장 아프게 했던 것은 아이들이었다. 갓난아기 민기를 돌봐 주고 있는 할머니에게 세 살배기 보리까지 맡길 수는 없었다. 나와 함께 살았던 보리는 이웃에 사는 아주머니가 잠깐씩 들여다봐 주었다. 출근할 때 잠든 보리 옆에 카스텔라를 놓아두면 자고 일어난 보리가 배가 고파 울다가 카스텔라를 먹고 이웃집 아주머니를 기다렸다. 그런 사정을 뻔히 알고 있었던 나는 일을 하러 나가서도 보리 생각에 안절부절못할 때가 많았다.

하지만 나는 이를 앙다물었다. 여기서 포기할 수는 없었다. 나는 빚을 갚아야 했고 공부를 해야 했고 회사를 경영해야 했다. 나는 내 이야기를 친정 부모님은 물론 형제들에게도 일절 하지 않았다. 그러나 언니는 어떻게 내 사정을 알았는지 나를 위해 기도를 해 주며 위로를 아끼지 않았다.

그때 나는 생각했다. 사람은 고통을 겪어야만 단단해진다. 그것은 어쩌면 자연의 섭리와도 같은 것이다. 한 알의 씨앗이 움을 틔우고 열매를 맺기까지의 과정을 보더라도 그렇다. 비에 쓸리고 바람에 쓰러지기를 되풀이하면서도 꿋꿋이 견디면 반드시 열매를 맺는다.

지금 실패로 인해 어려움과 좌절을 겪고 있는 사람들에게 나는 당당히 말하고 싶다. 포기만 하지 말라고. 현재의 고통을 이겨 내면 미래의 언젠가는 결실을 맺을 수 있을 거라고. 이는 막연한 희망이 아니다. 우주의 섭리요, 자연의 섭리다.

섬기는 자세로
봉사하는 기업

기업 풍토가 척박한 우리나라에서 국가와 민족을 위해 기업을 경영하겠다고 하다면 모두들 공허한 메아리쯤으로 들을 것이다. 이런 불신을 몰고 온 가장 큰 이유는 우리나라에서 지금까지 행해져 온 잘못된 기업 관행과 이를 보고 섣부른 판단을 하는 국민들의 잘못된 생각이 아닐까 생각한다.

이런 관행은 1997년 IMF 외환위기를 맞고 나서야 비로소 그 심각성이 드러났다. 외환위기를 불러오는 데 결정적인 역할을 했던 한보 사태와 기아자동차 사태는 우리의 잘못된 기업 관행이 국가적인 위기로까지 번질 수 있다는 사실을 극명하게 보여 주었다.

기업을 운영하는 사람은 개인이 아니다. 공인이다. 그렇기 때문에 기업인들은 기업 운영과 정치적 개입을 통해 기업에 문제가 생

기면 국가와 국민의 존폐에 심각한 영향을 미친다는 것을 명심해야
한다.

컨설팅과 더불어 건강 기능성 식품을 생산, 판매하던 코리아비
바는 건강 기능성 식품과 화장품 중심으로 업종을 전환했고 상호도
하나님께서 기도 중에 알려 주신 (주)인성내추럴로 변경했다. 건강
전문 회사와 리더 양성 회사, 인간 중심 경영 기업으로 새롭게 태어
난 것이다.

회사의 업종 전환에는 하나님의 응답이 큰 역할을 했다. 갑상선
과 부정맥 등 건강 문제와 사업으로 힘들 때 나는 하나님께 기도를
드렸다. 당시 우리 회사는 식품을 연구하고 개발하는 것을 주목적
으로 하는 회사였다. 그러나 개발한 것을 파는 데 어려움을 겪게 되
었고 나는 하나님께 매달렸다. 이렇게 상황이 힘들고 어려운데 이
사업을 이어 나가야 하는 것인지 의문이 들었고 나는 그 문제에 대해
기도를 했던 것이다. 그러다 하나님께서 응답을 주셨다. 기도 중에
주님께서 말씀으로 선포하셨다. 이사야 41장 10절에 "두려워 말라.
내가 너와 함께함이라."라는 말씀이었다.

생명을 구하기 위해 건강식품을 만드는 이 일은 내가 하는 일이
아니라 하나님께서 직접 하시는 일이라면서 나보고는 게으르지 말
고 계속 사람들에게 먹이라는 것이었다. 그러나 이 사업을 계속하
기엔 무리가 있었다. 내 몸은 점점 나빠지고 있었으며 회사 사정
도 여의찮았기 때문이었다. 나는 계속 기도했고 그러다 하나님께

서 또 응답을 주셨다. 내가 직접 고객에게 제품을 먹이라는 응답이었다. 의문이 들었던 나는 다시 하나님께 물었다. 그러자 하나님께서는 섬기는 자세로 먹이라고 다시 말씀하셨다. 그래서 나는 하나님께서 응답을 주신 대로 회사를 바꾸고 우리가 연구하고 개발하여 다른 회사에 팔았던 것을 다시 사들여서 식품을 직접 판매하는 체제로 바꾸었다. 우리 회사는 사원을 직접 뽑아서 섬기는 자세로 제품을 팔기 시작했다. 그렇게 인성내추럴은 상담사라는 직업을 20년 전에 최초로 만든 것이다.

그러나 어려움은 여기서 그치지 않았다. 상담사들을 관리하면서도 많은 어려움을 겪었던 것이다. 나는 다시 하나님께 무릎을 꿇었다. 그리고 오래 매달린 끝에 하나님께서 응답을 주셨다. "저자^{상담}사들과 네가 동일하다면 네가 뭐가 필요하느냐?"라는 응답이었다. 나는 적잖은 충격을 받았다. 그래서 내가 해야 할 것이 무엇인지에 대해 물었더니 "너는 게으르지 말고 훈련을 시켜라. 훈련이 되면 경제 전쟁과 전도 전쟁에서 성공한다."라는 응답을 주셨다.

인성내추럴의 제품들은 우리 아버지가 만든 제품이지만 하나님께서 아버지가 그러한 제품을 만들 수 있도록 이미 태초에 정해 놓으셨던 것이다. 하나님께서는 믿고 먹는 자가 생명도 구한다며 게으르지 말고 사람들에게 먹이라고 말씀하셨다. 그래서 우리 인성내추럴은 한쪽으로는 제품 개발을 하고 한쪽으로는 상담사를 훈련시키면서 전문 상담사를 양성하는 데 집중했다.

이렇게 전문 상담사들이 직접 고객을 찾아가서 인성내추럴의 제품을 팔았고 이 제품을 드시고 고객들이 회복이 되면 전도도 쉽게 할 수 있었다. 인성의 제품을 먹고 몸이 회복이 되면 "이 제품을 먹을 수 있도록 만들어 주신 하나님을 만나고 싶지 않느냐?"라고 하며 교회로 인도한 것이다.

이는 인성내추럴 제품의 효능이 특별했기 때문에 가능했던 일이었다. 나는 아버지의 도움을 받아 동양의학의 원리를 제품을 만드는 데 도입했다. 어느 한 부분만 좋아지는 건강 기능성 식품을 먹으면 또 다른 불균형을 가져오게 된다는 사실을 잘 알고 있던 나는 몸의 건강을 균형 있게 잡아 주고 자연 치유력을 높여 주는 식품을 개발하고 내가 먼저 복용하기 시작했다. 식품의 효과는 얼마 지나지 않아 나타났다. 나는 육체적으로 건강을 되찾았고 정신 건강도 많이 회복되었다. 직접 복용하고 효과를 본 나는 본격적으로 제품을 개발해 상품화했다.

인성의 제품들은 한의학 원리로 만들었기 때문에 오장육부를 건강하게 하여 정신도 건강해질 수 있도록 도와준다. 그렇기에 면역은 자동으로 높아지게 되는 것이다. 결과적으로 면역이 약해서 올 수 있는 병을 자동으로 회복시켜 준다. 한의학 원리로 원료를 배합하였기에 가능했다.

서양의학에서는 간이 좋지 않으면 간에 대한 치료만 한다. 그러나 동양의학에서는 관련 기관 모두를 함께 치료한다. 겉으로 보기엔 동양의학으로 치료를 받은 사람이 더디게 회복되는 것 같지만 실제로는 몸 전체의 균형을 잡아 주고 오장육부가 건강해지기 때문에 장기적으로는 훨씬 효과적인 치료를 받는 것이라고 할 수 있다.

우리 기업의 기본 정신은 국민의 건강을 돌보는 제품, 환경을 생각하는 제품을 만드는 것이었다. 이를 위해 우리는 품질 관리와 생산 관리를 철저히 했고 캡슐 하나에 이르기까지 최고의 기술과 최고급 원료를 사용하여 만들었다. 비용이 만만치 않게 들어갔지만 국민 건강을 위해서 꼭 필요하다는 신념으로 제품을 생산한 것이다. 이러한 노력 끝에 우리 회사는 ISO국제표준화기구 인증을 받았다.

건강 기능성 식품은 정직과 신뢰가 생명이다. 국민의 건강과 생명을 담보로 하기 때문에 생산자의 철학이 올곧고 분명해야 한다. 돈을 벌기 위한 수단으로 이용해서는 결코 안 되는 것이다. 그래서 건강 기능성 식품을 판매하는 회사의 오너는 그 자리에 합당한 인성과 자격을 반드시 갖춰야 한다.

인성내추럴은 국민의 건강을 위한 기능성 상품을 개발하고 판매하는 건강 전문 회사다. 그런 만큼 임직원 모두가 정직하고 성실하게 업무에 임하고 있다. 건강 전문 회사를 하게 된 이유는 부모님께서 고객들이 건강을 중요하게 생각할 미래를 아셨기 때문에 나에게 설립하자고 하셨던 것이다. 또한 나는 죽을 것만 같았던 고통에서 벗어난 이후 질병으로 고통받고 있는 많은 사람들에게 용기와 희망을 주어야 한다는 책임감을 느꼈다.

우리 몸은 어느 한 부분에 문제가 생기면 균형을 잃고 만다. 마치 차곡차곡 돌을 쌓아 만들어 놓은 탑이 돌 하나가 빠지면 균형을 잃고 무너지는 것과 같다.

나는 우리 기업을 통해 나 자신은 물론이고 사원, 소비자가 함께 행복해지는 것을 목표로 삼았다. 우리 기업을 통해 많은 사람들의 정신과 육체가 건강해지고 책임과 의무를 다하는 인격과 능력을 갖춘 리더들이 많이 양성되어 가정과 사회가 밝아지고 국가가 발전할 수 있기를 진심으로 원했다. 그것이 곧 우리 모두를 위한 일이 아니고 무엇이겠는가.

성공 마인드가
성공을 부른다

어릴 때 아버지가 해 주신 말씀이 생각난다.

"너희들은 커피 한 잔을 마시더라도 허름한 다방에서 마시지 말고 호텔 커피숍에서 마셔라."

보통 호텔 커피숍에는 성공한 리더들이 출입을 한다. 아버지는 그들에게 배우라는 것이었다. 나에게 마케팅을 가르쳐 주신 모이스 회장님의 말씀도 이와 다르지 않았다.

"성공을 하려면 성공한 사람들의 행동을 보고 배워라. 하다못해 화장실까지도 따라다녀라."

사람들은 자기보다 성공한 이들을 보고 동기를 부여받는다. 그들을 닮고 싶어 한다. 아이들이 위인전을 읽으며 자신의 꿈을 키워 나가는 것처럼 말이다.

누구나 성공하기를 희망한다. 행복해지기를 희망한다. 성공의 개

넘이 반드시 부의 축적을 의미하지는 않지만 사람들은 물질적인 풍요도 누리고 싶어 한다. 그러나 아무나 성공할 수 있는 것은 아니다. 성공의 기회가 왔다 하더라도 준비가 되어 있지 않다면 그 기회를 잡을 수 없다.

성공을 하려면 먼저 성공 마인드부터 가지는 것이 시작이라고 본다. 기회는 준비된 자에게만 오는 것이다. 나는 세계적인 마케팅 전문가들에게 교육을 받으며 성공한 사람들의 모습을 그리며 성장했다. 물론 가정에서부터 능력과 인격을 겸비한 인간이 되기 위해 부모님의 가르침을 받기도 하였지만 8년 동안은 이론과 실기를 배우며 준비한 것이다. 홍콩에서 대만으로, 대만에서 일본으로 미국, 스위스, 독일 등 마케팅 전문가가 있는 곳이면 어디든 달려갔다. 성공한 그들의 모습을 보면서 동기를 부여받았고 성공 마인드를 갖게 되었다. 그들처럼 되고 싶고 될 수 있다는 생각이 확고하게 자리 잡은 것이다.

커피 한 잔을 마셔도 호텔 커피숍에서 마시라던 아버지의 말씀이 이런 경우를 두고 한 말 같았다. 세계적으로 성공한 기업가들을 보면서 나는 인생의 비전과 방향을 찾을 수 있었다. 그들과 나 자신을 비교한 결과 나에게는 야망만 있지 구체적인 비전과 방향이 없다는 것을 알았다. 그것은 내가 사업에 실패한 가장 큰 요인이기도 했다.

나는 교육을 통해 경영자로서, 기업인으로서 해야 할 일은 바로 인격과 능력을 갖춘 리더가 되는 것임을 깨달았다. 나는 단순히 돈만 버는 리더와 비즈니스맨이 아니라 제대로 돈을 벌고 쓸 줄 아는

기업인이 돼야겠다는 꿈을 가졌다. 세계적으로 성공한 사람들에게
는 공통점이 있었다. 첫 번째로는 인격과 능력을 겸비하고 있다는
것, 두 번째로는 돈을 선한 곳에 쓰기 위해 경제 활동을 하고 있다
는 것이다. 그리고 세 번째로는 적어도 본인이 하고 있는 일은 전문
적으로 한다는 것이다.

어려서부터 부모님이 어려운 이웃을 도와주는 것을 늘 보아 온
나는 돈을 많이 벌어 힘들게 살아가는 많은 사람들을 보살펴 주어
야겠다는 생각을 했다. 이런 생각을 더욱 굳히게 된 것은 프랑스 마
케팅 컨설팅 회사의 모이스 회장 덕분이었다. IBM 경제 부사장과
경원그룹의 토마스 로이 회장에게서 경영 마인드를 배웠다면 모이
스 사장으로부터는 인재의 비전에 대해 배웠다.

"조직 관리, 마케팅 관리에 있어서 가장 중요한 것은 인간이다.
아무리 컴퓨터가 발달하고 산업의 중심이 사이버상으로 이동하고
있어도 결국 마케팅과 조직의 관리는 인간이 하는 것이다."

모이스 사장은 특히 능력과 인격을 갖춘 인재를 양성하는 것이
기업의 성공 요인임을 강조하고 인간 중심 교육의 중요성을 다음과
같이 피력했다.

1. 자신이 알고 있는 지식을 가르쳐 주지 않는 것은 리더로서의
   직무를 유기한 것이다.
2. 리더 교육을 할 때 999가지를 다 해도 하지 말아야 할 것이

한 가지 있다. 바로 포기하는 것이다.

3. 리더 양성이란 헌신, 봉사, 사랑으로 반복해야 한다.

4. 내가 희생해야 다른 사람을 성공시킬 수 있다.

리더가 아무리 뛰어나다고 해도 밑에서 받쳐 주는 사람이 없으면 기업은 발전하기 힘들다. 또 아무리 훌륭한 인재를 채용했다 하더라도 그의 능력을 길러 주지 않으면 기업은 더 이상 발전할 수 없다. 기업이 발전하는 지름길은 사원들이 소모품이 되지 않도록 그들의 능력과 인격을 배양해 주는 것이다.

나는 이런 생각을 바탕으로 기업을 어떻게 가꾸어 나갈 것인가를 궁리했다. 그때 떠오른 것이 바로 윈윈 전략이었다. 1996년도에 홍콩에서 리더 교육을 받을 때 스티브 코비 박사의 강의를 들을 기회가 있었는데 그 내용이 윈윈 전략에 관한 것이었다.

당시 나는 윈윈 전략의 개념을 잘 이해하지 못했지만 지금은 우리 회사의 경영 이념이 되었다. 윈윈은 기술자, 자본가, 소비자, 사원 모두가 기업의 성과를 공유하는 것이다. 윈윈은 무엇보다도 오너의 마인드가 갖추어져 있어야 가능하다. 오너에게 인격과 능력과 책임감이 없으면 윈윈은 공염불에 불과하다.

윈윈 전략은 기업 전략에 있어 주요한 부분을 차지한다. 윈윈 전략은 1993년 미국이 국지전에 대비해 세운 군사 전략으로 세계의 두 지역에서 동시에 전쟁이 발발할 경우 두 지역 모두에서 승리를 도모한다는 것이 핵심 내용이다. 이를 각 기업에서 소비자, 사원,

기업 모두가 사는 경영 전략으로 채택한 것이다. 나는 1998년부터 이미 세계적인 마케팅 전문가들에게 윈윈 전략을 배운 바 있어 기업 설립 초기부터 경영 이념으로 삼았다.

투명한 경영으로 국가에 이익이 되는 기업, 사원들이 행복한 기업, 소비자에게 유익한 기업을 일구는 것이 내 기업 경영의 원칙이었다. 나만 잘살자는 것이 아니라 모두가 인성내추럴을 통해 건강하고 행복해지는 것이 내 목표였다.

나는 이와 같은 기업 정신을 바탕으로 세 가지 모토를 설정했다.

1. 기업, 사원, 소비자가 함께 건강까지 공유하는 기업
2. 사랑과 정성으로 봉사하는 기업
3. 환경 운동에 앞장서는 기업

기업을 농부에 비유하면 사원은 농기구, 소비자는 농토다. 농기구와 농토가 없는 농부는 아무런 의미가 없다. 농부는 농사를 짓기 위해 농기구를 잘 연마하고 농토를 기름지게 가꾸어야 한다. 그렇게 하지 않고서는 수확을 기대할 수 없다. 서로 돕고 함께 동참하여 뜻한 바를 이루는 것이 바로 윈윈 전략이다.

성과를 공유하기 위해선 오너가 욕심을 가져서는 안 되고 사원 또한 단순히 월급만 받아 가는 월급쟁이가 되어서는 안 된다. 오너와 직원이 서로 상대방의 입장에 서서 생각할 수 있어야 한다. 기업

의 몫은 원원을 위해 임직원 모두가 인력과 능력을 겸비할 수 있도록 훈련시키는 것이다.

세계적인 마케팅 전문가 몇 분을 만나면서 기업의 이념과 목표 그리고 내 인생의 꿈을 확고하게 결정했다. 아버지의 기술력과 '국민의 정신과 육체의 건강을 위해'라는 뚜렷한 목표로 이루어 나갈 수 있는 건강한 미래에 비전을 두었다.

알면서도 가르쳐 주지 않는 것이
가장 큰 죄다

어느 날 나에게 5년 동안 꾸준히 리더십 교육을 시켜 주신 모이스 회장이 물었다.

"손 사장, 세상에서 가장 큰 죄가 무엇이라고 생각하시오?"

나는 선뜻 대답할 수 없었다. 살인이나 강도가 아닐까?

"살인, 강도가 가장 큰 죄일까요? 아닙니다. 세상에서 가장 큰 죄는 잘못된 일을 하고 있는 것을 알면서도 가르쳐 주지 않는 것입니다."

그가 다시 말했다. 그의 말은 나에게 큰 충격을 안겨 주었다. 마치 내 상식의 틀을 깨는 것 같았다.

그동안 나는 내가 알고 있는 것을 나만의 지식이나 정보로 가지고 있었을 뿐 남과 나눈다는 생각은 전혀 하지 않았었다. 그러나 사실 어떤 지식이나 정보를 한 사람만 가지고 있다면 그것은 아무런 소용이 없다. 정보를 지식화하여 목표 달성을 할 수 있도록 비전을 제시하는 것이 중요하다. 지식과 정보는 공유할 때 비로소 생명력을 갖게 되는 것이다.

모이스 사장의 말씀 덕분에 나는 크게 변화되었다. 개인 손인춘에서 공인 손인춘으로 다시 태어난 것이다. 나는 마케팅 전문가들에게 배운 지식을 나만 알고 사업을 할 것이 아니라 다른 많은 사람들과 공유해야겠다는 생각을 했다. 나만 성공할 것이 아니라 다른 사람들도 성공하게 만들어야 한다는 일종의 사명감도 생겼다.

나는 그 길로 코리아비바를 재정립했다. 세계적인 마케팅 전문가들로부터 전수받은 인성 교육, 리더십 교육의 노하우를 많은 사람들에게 전할 수 있는 컨설팅 전문 회사로 거듭난 것이다.

나는 그때부터 전문 컨설팅 강사로 많은 기업체에서 강의를 하기 시작했다. 아울러 우리 직원들에게도 리더 교육을 실시했다. 나는 비누 한 장을 더 파는 판매 기법보다는 리더 양성 교육이 훨씬 더 중요하다고 생각했다. 매출보다 기업 구성원의 마인드 전환을 더 중요하게 여겼기 때문이었다. 마인드 전환이 이뤄지니 자동으로 매출이 올라갔다.

내가 배운 이 전문 지식을 다른 사람들과 공유함으로써 우리나라에 건전한 기업 풍토를 조성하고 싶었다. 나는 제대로 된 기업인 하나가 수십만 명에게 행복을 나누어 줄 수 있다고 믿는다.

한 사람의 리더는 많은 사람들을 변화시킬 수 있다. 한 개인이 변화되면 그들의 가정이 변화되고 가정이 변화되면 기업이 변화되고 기업의 문화가 변화되면 사회가 변화된다. 즉 한 사람의 리더는 자신뿐만 아니라 사회 전체를 발전시키는 것이다.

나는 우리 기업이 발전되어 나가는 모습을 보면서 리더 양성 교육을 계속해야 한다는 사명감마저 느꼈다. 기업을 운영하는 목적도 달라졌다. 기업을 잘 운영한다는 것은, 나를 위한 일이고 직원들을 위하는 일이자 소비자를 위한 일이다. 이는 또한 이웃을 위한 일이고 동시에 국가를 위한 일이기도 하다. 기업 경영을 잘하는 것만으로도 많은 사람들과 행복을 나눌 수 있는 것이다. 리더 교육을 하면서 나는 세계적인 마케팅 전문가들에게 배운 이론을 현실로 나의 경영 철학으로 만들어 나갔다.

당시 나는 우리 회사 임원들과 직원을 상대로 마케팅 교육과 리더 교육, 인문과 건강 교육을 철저히 했다. 우리 회사에 입사한 모든 상담사들에게 무조건 리더 교육을 이수시켰다. 처음에는 힘들어하던 분들도 어느새 변화되어 있는 자신을 발견하고는 적극적으로 스스로를 개발하기 위해 많은 교육에 동참하며 성장해 나갔다. 그러한 모습을 보면서 나는 항상 보람을 느꼈다.

건강도 잃고,
삶의 의욕도 잃고

군인 출신인 데다 키가 크고 골격이 있기 때문일까. 사람들은 나를 보고 무척 건강해 보인다고 한다. 하지만 나는 어릴 때부터 종합병원이라고 불릴 정도로 병치레를 많이 했다. 아버지가 한의사가 아니었고 집안 살림이 어려웠다면 지금쯤 나는 어떻게 되었을지 모른다.

초등학교에 들어갈 무렵의 일이다. 갑자기 다리가 아프기 시작했다. 얼마나 아픈지 구부리지 못할 정도였다. 그때는 병명을 알지 못했는데 지금 생각하면 소아마비 초기 증상이었던 것 같다. 다리를 제대로 구부리지 못하니 앉지도 못하고 서지도 못했다. 당시 시골에는 화장실이 전부 재래식이라 혼자 가서 용변을 보기도 힘들었다. 물론 학교에도 갈 수 없었다. 아버지는 그런 나를 위해 읍내에 나가 양변기를 사서 설치해 주셨고 날마다 침을 놓고 약을 바르고 한약을 먹였다.

그렇게 한 일 년쯤 앓았을까. 서서히 다리가 나았고 이듬해 간신히 학교에 들어갔다.

초등학교에 입학해서도 잔병은 떠날 날이 없었다. 하루는 학교 갔다 돌아오는데 아이들이 내 얼굴을 보고 하얗게 질리더니 큰 소리로 외쳤다.

"인춘아! 큰일 났다. 너 빨리 거울 좀 봐!"

"왜?"

"글쎄, 빨리 거울 꺼내서 보라니까!"

아이들의 목소리에 잔뜩 겁에 질린 나는 얼른 손거울을 꺼내 들고 얼굴을 들여다보았다. 눈 한쪽에 실핏줄이 터져 피가 흐르고 있었다. 놀란 나는 숨도 쉬지 않고 곧장 아버지에게로 달려갔다. 아버지께서는 침착하게 내 머리 여러 군데를 손으로 눌러 보시고는 큰 대침을 다섯 대 정도 찌르셨다. 그러고 나자 피가 딱 멈추었다.

6학년 때부터는 허리가 아프기 시작했는데 그 이유가 동생을 돌보는 데 허리를 많이 써서 그렇다고 했다. 허리는 중학생이 되어 생리를 시작한 후부터는 상태가 더 나빠졌다. 혈과 기의 순환이 좋지 않아 몸 안에 노폐물이 쌓였기 때문이다. 또 학교를 다니기 위해 읍내에서 자취를 하고 있었는데 툭하면 위염을 일으켰다. 나의 병치레는 여기에서 끝나지 않았다. 고등학교에 들어가서는 가슴에 통증이 심해져 가슴 밑이 마치 쥐가 나는 듯했다. 한 번 통증이 시작되면 제대로 숨을 쉴 수 없을 정도였다. 그렇게 건강이 좋지 않았으니 부모님께서는 그저 건강하기만을 바랄 뿐 공부 잘하는 것은 바라지도 않으셨다. 나도 건강이 좋지 않다 보니 제대로 공부를 할 수 없었다.

여군에 지원했을 때 나는 이론 시험에서 한 번 떨어진 후 두 번 만에 간신히 합격했다. 건강이 좋지 않다고 해도 아픈 것이 눈에 보이는 것은 아니었던 것이다. 군대에서 규칙적인 생활을 하고 훈련을 받자 건강이 조금 회복되는 듯싶었다. 그리고 여군이라 심하게 고된 훈련을 받는 것이 아니어서 다소 아파도 견딜 수 있었다.

나는 체질이 특이했다. 마취가 되지 않았다. 어머니도 마취가 잘 안 되는 체질인데 어머니는 건강해서 별 문제가 없었지만 나는 사정이 달랐다.

군에 있을 때 사랑니가 몹시 아파 이를 빼려고 병원을 찾았다. 그런데 마취를 아무리 시켜도 마취가 되지 않는 것이었다. 마취 기구만 입에 넣으면 비위가 상해 심한 구역질이 났고 그것 때문에 마취에서 금방 깨어나곤 했다. 의사는 30분 동안 세 번이나 나를 마취시키려고 했지만 결국 실패하고 말았다.

건강이 본격적으로 나빠진 것은 결혼한 후였다. 군 생활을 하는 동안 조금 회복되는가 싶더니 결혼 생활이 힘들어지면서 최악의 상태가 되었다. 신경을 쓰니까 신부전, 갑상선 이상 등으로 몸이 붓기 시작했는데 어느 날은 내가 나를 알아보지 못할 정도가 되었다. 혈

액순환이 되지 않는 탓에 병은 점점 더 심해져 갔다.

홍콩과 대만 등지로 마케팅 공부를 하러 다닐 때는 비행기가 고공비행을 하면 귀가 찢어질 듯이 아팠다. 또 아무 식당에 가서 식사할 때 비위가 약해 늘 구역질을 했다. 그 때문에 사정을 모르는 분들은 식사를 못 하는 것에 대해 오해를 많이 하셨다.

몸무게가 72킬로그램까지 나갈 정도로 몸은 불었고 그로 인해 건강이 더 나빠지는 악순환이 계속되었다. 30대 후반에 88사이즈 옷을 입어야 했으니 어느 정도인지 짐작할 수 있을 것이다.

그렇게 건강이 좋지 않아도 나는 잠시도 쉴 수 없었다. 몸이 아파도 하루쯤 편히 쉬면서 잠을 잘 수 없었다. 그때 내가 자포자기하지 않은 것은 부모님과 형제들의 보살핌 덕분이었다.

건강을 잃으면 모든 것을 잃는다는 격언은 나에게는 정말 소중한 진리였다. 내가 건강식품 사업을 하게 된 것은 건강을 잃고 절망 속에서 헤매 본 적이 있기 때문이다. 건강이 얼마나 소중한지를 누구보다 잘 알기 때문이다.

아버지의 갑작스런
사망 그리고 이혼

인간은 나약한 존재다. 불완전한 존재다. 그 때문에 어떤 위치에 있든 무엇엔가 의지하고 싶어 한다. 어떤 사람은 물질에 의지하면서 위로를 받으려고 하고 어떤 사람은 사람에 의지하면서 정신적 위안을 얻는다. 그러나 그것은 일시적인 위로에 불과하다. 일정한 시기가 지나면 또다시 불안이 쌓이게 마련이다. 물질이나 사람은 변화하는 것들이다. 물질은 항상 쌓여 있는 것이 아니고 사람의 사랑은 변질되기 쉽다. 따라서 많은 사람들이 보다 안전한 의지처를 찾게 되는데 그것이 신앙이다.

우리 집안은 5대째 독실한 불교 집안이었다. 불교 신앙이 뿌리 깊었던 부모님들에게 있어 부처의 말씀은 곧 진리였다. 부모님들은 어려운 사람들을 돌보고 이웃을 사랑함으로써 부처의 가르침을 실천했다.

집안의 분위기가 이렇다 보니 나도 자연스레 불교에 심취하게 되었다. 군 생활을 할 때 몸이 힘들거나 아플 때는 법당을 찾았다. 그러던 내가 하나님을 만나게 된 것은 언니 때문이었다. 기독교 집안으로 출가한 언니는 교회를 다니기 시작하면서 우리들에게 복음을 전했다. 언니는 아버지의 가르침과 기독교 정신을 접목시켜 언제나 이웃을 돕는 삶을 실천하며 살았다.

나는 언니의 영향으로 교회에 다니기는 했으나 신앙적인 믿음은 깊지 못했다. 1992년 사업을 하면서 기독실업인회에 가입도 하고 대외적인 활동도 했지만 신앙보다는 생활에 더 골몰해 있었다.

그러던 내게 1997년 6월, 감당하지 못할 슬픔이 닥쳤다. 그동안 사업에 실패도 해 보고 좌절도 해 보았지만 나의 앞길을 가로막는 장애가 되지는 못했다. 진취적이고 적극적인 사고방식을 가진 나는 어려움을 달게 받아들였다. 사실 그렇게 할 수 있었던 것은 아버지가 든든한 버팀목이 되어 주었기 때문이다. 아버지가 계신다는 것 자체가 나에겐 큰 용기를 주었다. 그런 아버지가 고향 마을의 지역개발회의에 참석차 가시다가 교통사고로 돌아가신 것이다.

아버지께서는 사고가 있기 전날, 2박 3일간 제주도 여행을 다녀오셨다. 그 여행은 아버지가 모든 경비를 부담한 경로잔치였다. 아직 여독이 풀리지 않아 피곤한 상태였지만 아버지는 마을의 일이라 거절하지 못하고 운전을 하고 가시다 그만 사고를 당하신 것이었다. 아버지는 장이 파열돼 사고가 난 지 1시간 만에 눈을 감으셨다.

하늘이 무너지는 느낌이 바로 그런 것일까. 둔중한 망치로 뒤통

수를 얻어맞은 듯 멍했다. 슬픔이 너무 크면 슬픔을 느낄 수 없다고 했던가. 아무런 느낌도 들지 않았고 아무런 생각도 할 수 없었다.

풍수지탄風樹之嘆. 나무가 조용히 지내고자 하나 바람이 가만두지 않고 자식이 부모에게 효도를 하고자 하여도 부모가 기다려 주지 않는다는 옛 사람들의 말 그대로였다.

나는 우리 여섯 형제 중에서 어머니와 아버지를 가장 힘들게 한 자식이었다. 사업을 한다고 늘 애면글면하여 아버지의 마음을 아프게 했고 남편의 외도로 가정도 바람 잘 날 없는 모습만 보여 드렸다. 게다가 건강까지 나빠 부모님의 애를 태웠으니 이만큼 부모의 속을 썩인 자식도 없었다. 다른 형제들은 모두 안정적인 생활을 해 부모님을 안심시켜 드렸지만 나는 늘 애물단지처럼 부모님께 정신적 고통만 안겨 드렸던 것이다.

이제 내가 효도를 하려고 해도 아버지는 더 이상 내 곁에 계시지 않는다. 아버지의 한평생은 남을 위해 봉사하는 삶, 그 자체였다. 돌아가신 날까지도 그랬다. 한의사 생활을 하면서 가난하고 어려운 사람들을 돌봐 주셨고 이웃을 위해 정신적 물질적 희생도 마다하지 않으셨다. 어느 해 겨울에는 배가 침몰해 표류하다 바닷가로 떠밀려온 18명의 선원 목숨을 구해 준 일도 있었다. 아버지는 평범한 분이었으나 비범한 삶을 살다 가셨다고 나는 자부한다.

아버지의 빈자리는 너무 컸다. 모든 일이 허황된 것처럼 느껴졌다.

아버지를 여읜 슬픔은 마음속에 커다란 빈집 한 채를 지어 놓았다.

아버지가 돌아가신 후, 아직 아버지의 따스한 체온이 채 가시지 않은 듯 내 가슴에 잔잔히 남아 있을 때 나는 또 한 번 쓰라린 고통을 겪어야 했다. 이혼이었다. 남편의 계속되는 외도로 더 이상 결혼 생활을 유지할 수 없었던 것이다. 남편과 나의 관계는 다 허물어져 가는 담벼락에 곧 부러질 것 같은 지지대 하나를 받쳐 놓은 듯 언제나 아슬아슬했다.

아버지의 장례를 치르고 나서 오빠는 내게 심각하게 말했다.

"인춘아, 그동안 너와 네 남편을 쭉 지켜보았다. 나는 더 이상 네가 결혼 생활을 유지하는 게 아무 의미가 없다고 생각한다. 그 집에서 너는 너무 많은 희생을 했다. 그만하면 충분히 했고 너 또한 충분히 아팠다. 아무래도 너마저 잘못될 것 같아 더는 안 되겠다."

결혼 10년, 아이가 둘이었다. 나도 진작 결혼 생활이 끝이 났다는 것을 알았지만 이혼은 쉬운 일이 아니었다. 그러나 오빠는 단호했고 우리 가족 누구도 내가 더 이상 결혼 생활을 하는 것을 원치 않았다. 나는 아이 둘을 맡아 기르기로 하고 결국 이혼을 했다.

아주 깊은 소용돌이 속에서 빠져나온 느낌이었다. 숨 막힐 듯한 힘든 고비를 넘겼기 때문에 안도감을 느낄 것 같았으나 허탈했다. 허탈함을 극복하기 위해 일에 매달렸지만 쉽게 극복되지 않았다.

그러던 어느 날, 기독실업인회 회원으로 평소 친분이 있던 치과의사인 김의환 집사께서 나를 수서교회로 인도했다. 진작에 언니로부터 전도를 받았지만 나는 교회에 나가지 않았다. 그러나 그분을 따라 수서교회에서 설교를 들은 나는 부모님의 교육과 마케팅을 가르쳐 준 스승들의 교육이 모두 성경 안에 있다는 것을 알게 되었다. 그때부터 나는 교회에 다니기 시작했고 영적인 체험을 하게 되었다.

꿈이었다. 잠을 자다가 일어난 나는 누워 있는 나를 보게 되었다. 누워 있는 내 배가 직사각형으로 들리더니 그 속이 하얀 무엇으로 채워졌다. 꿈에서 깨어났다. 묘한 느낌이 들었다. 마치 내가 새로 태어난 것 같은 생각이 들 정도였다.

나중에 꿈 이야기를 언니에게 했더니 언니는 내가 영적으로 새로 태어났다는 것을 암시하는 꿈이라고 말했다. 나는 그때부터 하나님과 새로운 인생살이를 시작하게 되었다.

나는 아버지가 유산처럼 남겨 주신 건강 기능성 식품을 먹고 차차 건강도 되찾았다. 아버지를 보낸 슬픔에 이어 이혼으로 고통을 겪던 내 영혼은 평안함을 되찾았다.

하루는 기도 중에 이런 음성을 들었다.

"내가 너와 함께하느니라."

신비한 체험도 했다. 식품을 개발할 때 무엇을 원료로 써야 할지 고민하고 있으면 기도할 때 그 원료는 물론 채취하는 방법까지 보여 주시는 것이었다. 그때부터 나는 소명 의식을 느꼈다. 하나님이 역사하심을 알고 기업 경영과 신상품 개발에 박차를 가했다.

돌이켜 보면 제품이 개발되고 상품화되기까지 과정은 하나님이 나를 당신의 도구로 쓰기 위해 예비하신 것이었다. 창세기에 보면 하나님께서는 야곱의 아들 요셉을 당신의 종으로 쓰시기 위해 끊임없는 시련을 주셨다. 요셉이 온전히 하나님을 의지하고 믿을 수 있도록 그를 형제들로부터 버림을 받게 만들었고 애굽의 땅에서 노예 생활을 하게 하셨고 감옥 생활을 하게 하였다. 그러한 시련을 통해 요셉은 흔들림 없는 믿음의 아들로 다시 태어난 것이다.

건강 기능성 식품 사업을 하기 전까지 나는 온갖 병치레를 다했다. 몸이 아픈 나는 아버지가 지어 주신 한방약으로 건강을 회복했고, 마침내 상품화했다. 그것이 지금의 인성이 있게 된 동기였다. 나는 건강을 잃어 보았기 때문의 건강의 소중함을 안다. 하나님께서 건강을 중심으로 일을 하라고 나에게 질병의 고통을 주신 것 같은 생각이 든다. 아울러 좋은 식품을 먹고 체험하게 하고 치유하게 하신 것 같다.

상품을 개발하는 기술은 아버지의 노하우다. 질병 치료에 평생을 바친 아버지는 예로부터 전해 내려오는 민간요법에서부터 각종 한방 처방 등에 대해 특별한 노하우를 가지고 있었다. 그 노하우가 상품 개발에 적극 활용된 것이다.

나는 질병으로 고생을 했기 때문에 건강 기능성 식품이 소중하게 만들어져야 한다는 것을 잘 알고 있다. 건강 기능성 식품의 원료 모두 자연에서 얻어지는 것이다. 농약이나 일체의 약품 처리 없이 유기농으로 재배하고 혹시 이물질 같은 것이 들어갈세라 제조 과정에서 위생 처리GMP 등을 철저히 관리하고 점검한다.

건강을 잃어버린 사람들에게 건강을 되찾아 주자는 것이 사업의 목적이기에 나는 더욱 정직하고 성실하게 일하고 있다. 가장 좋은 방법은 하나님의 뜻을 거스르지 않는 것이다.

지금 나는 하나님의 사랑 아래 내가 사랑하는 대상들과 함께 살아간다는 것이 매우 감사하다. 하나님이 내 삶의 중심이 되어 나를 인도해 주신다고 생각하니 마음이 든든하다. 어느 날 문득 내 곁에 다가온 하나님은 마치 스펀지에 물이 조금씩 스며들어 가듯이 서서히 내 삶에 스며들어 왔고, 아무것도 없던 나에게 모든 것을 주셨다. 나는 하나님의 사랑 아래 열심히 일하고 열심히 사랑한다.

하나님의 길을 따라 열심히 살다 보니 매 순간 하나님의 축복을 느낀다. 나는 수시로 하나님 앞에 영광을 돌리며 인성내추럴을 하나님의 약속을 실천할 수 있는 현장으로 만들어 갔다. 믿지 않는 사람들에게 믿음을 전도하는 현장, 믿는 사람들이 모범적으로 부지런히 경제 활동을 하며 봉사하고 구제하는 현장으로 쓰이는 기업이 되도록 노력하는 것이다. 내가 하는 일이 하나님의 뜻에 어긋남이 있을까 언제나 조심스럽게 나를 돌아본다.

야훼를 두려워하여 섬기는 것이 지혜의 근본이요, 거룩하신 이를 깊이 아는 것이 슬기다.

지혜가 시키는 대로 살아야 수명이 길어진다. 지혜를 얻으면 자기에게 이익이 되지만, 거만하면 자기만 해를 입는다. 잠언 9장 10~12절

어려움을 이겨내고 싱그러움으로
피어난 앵초, 손인춘 作

2부

소중한 것을 일깨워 주신
부모님의 교육

* * *

나는 사업을 하면서
기업 이익의 사회 환원에 대해 생각했다.
그 방법은 사회사업을 하는 것이었다.
나보다 어려운 이웃과
함께 나누고 더불어 잘사는 것이
내가 사업을 하는 이유 중 하나다.

정승처럼 벌어야
정승같이 쓴다

"개같이 벌어서 정승같이 쓴다."라는 옛말이 있다. 비록 미천하게 번 돈일지언정 떳떳하고 보람 있게 쓴다는 우리의 속담이다. 돈이야 어떻게 벌었든지 상관없이 잘만 쓰면 미덕이 된다는 뜻이다. 하지만 우리 아버지께서는 정승같이 벌어서 정승같이 쓰라고 가르치셨다.

일을 하는 것은 나를 성장시키는 것이다. 정승처럼 벌어야 정승같이 쓴다는 말은 일을 바르게 했을 때 목표를 바르게 달성할 수 있다는 것이다. 우리가 만약 성장하는 과정에서 정승이라는 경험을 안 했다면 과연 정승같이 쓸 수 있느냐는 것이다. 그렇기에 인생 자체가 바르게 가야 목표도 바르게 달성할 수 있다. 그래서 나는 이 말을 좋아하지 않는다. 언뜻 돈을 깨끗하게 잘 쓰라는 의미로 들리지만 조금만 뒤집어 보면 돈을 버는 과정보다는 결과에 더 비중이 있는 것 같아 씁쓸한 여운을 남기기 때문이다.

"결과가 좋으면 다 좋다."는 말이 있듯이 때때로 우리는 과정보다는 결과에 치우쳐 생각하는 경향이 있다. 그러나 그 과정이 정당하지 않은데 결과가 좋게 나타나는 경우는 정말 드물다. 때문에 나는 개같이 번 돈으로 과연 정승처럼 쓸 수 있을까 하는 의문과 또 개같이 돈을 벌 동안 얼마나 많은 해악들을 저지를까 하는 생각 때문에 "개같이 벌어서 정승처럼 쓴다."라는 말에 나는 우리 아버지처럼 동의하지 않았었다.

돈은 자본주의 사회에서 이미 신과 같은 존재가 되어 버렸다. 그 때문에 어떻게 벌었든 돈을 많이 소유하고 있는 사람들은 많은 사람들에게 존경과 선망의 대상이 되기도 한다. 그러나 돈 버는 과정에서 일어나는 많은 잘못들까지 면죄부를 줄 수는 없을 것이다.

과정이 옳지 않으면 결과가 좋더라도 진정으로 좋은 것이 아니다. 과정에서의 해악이 미치는 영향이 더 크기 때문이다. 또 개같이 돈을 번 사람이 정승처럼 돈을 쓰기란 낙타가 바늘구멍을 찾아 들어가는 것만큼 어려운 일일 것이다. 그래서 나는 늘 이렇게 말한다.

"정승처럼 벌어야 정승같이 쓴다."

스스로 정직하고 성실하게 벌어야 그 돈이 제 역할을 하는 것이지 그렇지 않으면 제 쓰임새를 찾지 못한다는 게 내 지론이다.

그래서 우리 아버지께서 우리 형제들에게 귀에 못이 박히도록 들려주신 이야기다. 우리 아버지는 "정승같이 벌어야 정승같이 쓴다."

라는 말씀을 하시면서 항상 이렇게 덧붙였다.

"성공이란 결과가 중요한 것이 아니다. 그보다는 훌륭한 과정이 더 중요하다."

아버지의 이러한 가르침을 나는 내 삶의 금과옥조金科玉條로 삼았고 그것은 또한 우리 회사의 경영 이념이 되었다. 기업에는 경영의 결과물인 이익도 중요하지만 올바른 과정이 더 중요하다.

이와 같은 경영 이념 아래 나는 하나의 기업 원칙을 세웠다. 바로 국가와 사회에 봉사하는 기업상이다. 인격과 능력을 겸비한 인재를 양성하는 기업, 소비자와 직원들에게 감동을 주는 기업, 정직한 제품을 생산하는 기업, 투명하게 세금을 내는 기업, 이윤을 사회에 환원하는 기업이 되자는 것이다.

아버지를 생각하면 나는 존경스러운 마음이 깊은 곳에서부터 저절로 우러나온다. 누가 내게 가장 존경하는 인물을 꼽으라고 하면 나는 스스럼없이 아버지를 든다. 존경할 만한 아버지를 가진 것은 내게는 대단한 행운이 아닐 수 없다.

아버지의 일평생은 사랑과 봉사와 희생으로 점철되었다고 해도 과언이 아니다. 언제나 자신과 가족보다는 이웃을 먼저 생각하시는 분이었고, 그 생각을 몸소 실천하신 분이었다. 부지런하고 정직하게 사시면서 이웃의 어려움을 나 몰라라 하지 않으셨다.

환자를 돌보면서도 그 많은 집안일을 손수 챙기셨다. 새벽 네 시에 일어나 왕진 가시기 전에 그날 할 일을 정리해 일하는 분들에게 일일이 지시하고 왕진을 다녀오신 후에는 몸소 자질구레한 일들을 하셨다. 그렇게 부지런히, 성실히 일하고 도움이 필요한 이웃에게는 아낌없이 손을 내밀어 주셨다.

왕진 갔다 돌아오실 때 아버지는 한 손에 왕진 가방을, 다른 한 손에는 가난한 이웃의 손을 잡고 있었다. 왕진 가방만 달랑 들고 돌아오시는 날은 정말 손으로 꼽을 만큼 적었다.

6·25 전쟁 이후 잿더미 속에서 여전히 허우적거릴 때인 50~60년대, 배곯지 않고 사는 집이 얼마나 있었는가. 당시만 해도 이집 저집 다니며 구걸하는 아이들과 어른들이 많았다. 전쟁의 후유증으로 정신을 놓고 거리를 헤매는 행려병자들 또한 매우 많았다. 그런 사람들이 눈에 띄면 아버지는 어김없이 그들을 집으로 데리고 와 사랑채에 머물도록 하면서 돌보아 주셨다. 아버지뿐만 아니었다. 할머니, 어머니도 마찬가지셨다.

그 때문에 우리 집은 할머니와 부모님, 3남 3녀인 우리 형제, 집안일을 거들어 주는 분 외에도 많은 사람들로 늘 북적댔다. 사랑채는 언제나 동냥치, 행려병자들, 먹고살 길이 없어 남의 집살이로 나선 사람들 차지였다. 그들은 우리 집에서 아무 일도 하지 않아도 끼니를 해결할 수 있었다. 어떤 사람들은 아버지의 도움으로 기반을 잡아 독립해 나가기도 했다.

그들과 함께 생활하면서 어떤 때는 불평, 불만도 생겼고 어른들을 이해할 수 없을 때도 있었다. 이를테면 우리 집의 어떤 어른도 우리와 그들을 차별하지 않았다. 먹을 것이나 입을 것도 부모님은 우리 형제들에게 더 좋은 것을 주는 일이 없었다. 더군다나 그들은 일을 하지 않고도 밥을 먹을 수 있었지만 우리는 반드시 허드렛일이라도 도와야 밥을 먹을 수 있었고 잔심부름 또한 모두 우리들 차지였다.

우리 집에서 일을 도와주는 가족이 있었는데 그 집에 내 또래의 여자아이가 있었다. 어머니는 장에서 옷을 살 때면 항상 그 아이 옷과 내 옷을 똑같은 것으로 사왔다. 꽤나 예뻤던 그 아이는 언제나 나와 비교가 되었다.

나는 은근히 나에게 좀 더 예쁘고 좋은 옷을 사주기를 바랐지만 우리 할머니나 부모님에게는 어림도 없는 일이었다. 할머니와 부모님들이 조금도 변함없이 그렇게 하시니 우리 형제들은 차차 그런 일을 자연스럽게 받아들이게 되었고 나중에는 우리들 또한 집안 어른들을 닮아 갔다.

하루는 오빠가 거리에서 배를 주리고 있는 또래의 남자아이를 데려왔다. 오빠는 부엌에 들어가 밥을 찾다 밥이 없으니까 부뚜막에 올라앉아 커다란 가마솥의 누룽지를 긁어 아이에게 주었다. 그 모습을 본 어머니가 오빠를 칭찬해 주던 기억이 아직도 생생하다.

그들과 함께 생활한 것이 머릿속에 깊이 각인되었는지 나는 어릴 때 일을 생각하면 우리 집에서 기숙하던 행려병자들과 동냥아치들이 먼저 떠오른다.

그중에서도 치렁치렁한 머리카락이 엉덩이까지 내려오는, 정신이 온전치 못한 여자는 참 또렷이 기억에 남아 있다. 그녀는 스물여덟 살 난 처녀로 무슨 연유에서인지 정신을 놓고 거리를 헤매고 있었는데 마침 마실 갔던 할머니께서 불쌍히 여겨 집으로 데리고 오셨다. 무더운 여름인데 몇 날 며칠 목욕을 안 해 그녀의 몸에서는 심한 악취가 났다. 할머니는 밤이면 밤마다 그녀를 정성껏 씻겼고 목욕을 시키시고 난 후에는 데리고 앉아 글도 가르쳤다.

아버지께서는 우리 집에서 일하시는 분을 시켜서 전라도 어디에 있다는 그녀의 집을 수소문하셨다. 예전에는 정신을 놓은 사람들을 찾아 데려갈 때는 한복을 해 입히는 풍습이 있었다. 일하는 아저씨께서는 한참을 수소문한 끝에 그녀의 집을 찾았고 그녀의 부모들은 한복 한 벌과 인절미를 해 들고 그녀를 데리러 왔다. 하지만 그녀는 자기 집에 돌아가지 않으려고 울며불며 발버둥을 쳤다. 아마도 할머니의 따스한 정이 가슴에 스며들어 있어 그랬던 것 같다.

사랑방에 묵고 있던 정신이 온전치 못한 사람들은 자다가 누운 자리에서 그대로 오줌을 싸는 일이 허다했다. 예전에는 흙방을 놓았는데 그들이 오줌을 싸 버리는 통에 흙방은 얼마 견디지 못하고 자주 무너져 내렸다. 그 때문에 몇 달에 한 번씩 구들을 다시 놓아야 했다. 그러자니 한창 바쁜 농사철에는 일하는 분들의 불만이 여간 아니었다. 일하는 분들은 불만의 화살을 우리에게로 돌렸고 우리 형제들한테 화풀이를 해대면서 심부름을 시켰던 기억이 난다.

그 많은 식구들의 먹을거리를 마련하는 것도 만만치 않았다. 이상하게도 정신을 놓은 사람들은 먹을 것에 강한 집착을 보여 먹고 돌아서면 이내 또 먹을 것을 찾았다. 일하는 아주머니들이 일하는 분들에게 주려고 새참을 만들어 놓으면 그들은 금방 숟가락을 놓았으면서도 다시 달려들어 삶은 고구마며 부침개 등을 먹어 치웠다. 하도 먹어대자 아주머니들이 음식을 깊숙이 감추어 놓았지만 소용이 없었다.

지금은 라면이 싸고 흔한 간식거리지만 우리가 어렸을 때는 결코 싼 것이 아니었다. 그 귀한 라면을 한 박스 사 놓으면 한두 끼 만에 없어졌다. 그렇게 맛있는 라면을 정작 어린 우리들은 한 젓가락도 입에 대지 못했다. 한 가마 가득 끓여 놓으면 그들이 달려들어 순식간에 먹어 치웠기 때문에 우리에게까지 차례가 닿지 않았던 것이다.

어린 나는 그때 왜 저 사람들은 항상 배가 고플까 의아하게 생각하면서 정말 그들이 밉게 느껴지기도 했다. 어떤 때는 아버지가 싫었다. 어린 내 눈에 아버지는 남한테만 잘해 주고 우리한테는 늘 일만 시키는 사람으로 보였던 것이다.

아버지는 인근에서 소문난 효자였다. 어느 날 갑자기 쓰러지신 할머니는 아버지도 손쓸 수 없을 정도로 병이 깊어지셨다. 아버지는 할머니를 모시고 고향 인근의 병원이라는 병원은 다 다녔지만 잘 낫지 않으셨다. 어떤 방법을 써도 할머니가 낫지 않자 아버지는 지푸라기라도 잡는 심정으로 무당을 찾아가셨다. 무당은 아버지에게 팔봉산에 가서 일주일 동안 목욕재계하고 기도를 하라고 했다. 고향 서산에 있는 팔봉산은 으름나무 열매가 열릴 정도로 신선하고 깊은 산이었다.

아버지는 무당이 시키는 대로 팔봉산에 들어가 매일 목욕재계를 하고 기도를 드렸다. 하루는 새벽에 일어나 제를 올릴 밥을 하려던 아버지는 계곡의 바위에 걸터앉아 아버지를 내려다보고 있던 사슴을 발견했다. 그 사슴은 며칠 동안 아버지가 기도를 드릴 때면 나타났다 사라지곤 했다고 한다.

훗날 아버지께서 우리에게 그때 일을 떠올리며 하시던 말씀이 생생하게 기억난다.

"무당도 나도 그때는 몰라 무심코 넘겼는데 옛날에 그런 짐승을 따라가면 산삼을 캔다는 말이 있었다. 만일 그 사슴을 따라갔었더라면 산삼을 캐어 할머니 병을 낫게 할 수 있었을 것이다."

아버지가 목욕재계를 하고 기도를 해도 할머니의 병은 쉽게 낫지 않았다. 그러자 한 비구니가 우리 부모님에게 아무 일도 하지 말고 오직 할머니에게 큰절만 하라고 일러주었다. 4월이라 농사 준비로 한창 바쁠 때였지만 부모님은 식사하는 시간만 제외하고는 할머니께 큰절을 올렸다. 얼마나 절을 많이 했는지 무릎이 다 까질 정도였다고 한다.

그래도 할머니가 낫지 않자 아버지는 당신의 손가락을 잘라 피를 내어 할머니 입에 넣어 드렸다고 한다. 옛날 효자들은 손가락을 잘라 피를 내어 부모 공양을 했다는데 아버지가 바로 그 당사자가 되신 것이다. 어머니는 당시 아기였던 큰오빠에게 젖 물리며 그 현장을 생생하게 보셨다고 말씀하셨다.

아버지의 지극한 효심 덕분일까? 할머니는 기적처럼 죽음의 문턱에서 다시 살아나셨고 그 후 5년간 편안하게 사시다 돌아가셨다. 아버지의 왼손 네 번째 손가락은 그래서 마디가 짧았다.

　아버지는 할머니뿐만 아니라 동네 어른들도 깍듯이 모셨다. 어머니는 한 집안의 며느리가 아니라 우리 마을의 며느리나 다름없었다. 동네 어른들의 경로잔치나 효도 여행을 아버지께서 도맡으셨다.

　당시 우리 마을은 전화도 전기도 들어오지 않았는데 직접 비용을 들여 전화와 전기를 들여왔고 덕분에 마을 사람들도 전화와 전깃불 혜택을 볼 수 있었다. 큰 가뭄이 들어 동네 사람들이 농사를 짓지 못하면 서울에서 지하수를 파는 기계를 들여오고 기술자들을 불러와 우물을 파서 동네 농사를 짓게 했다. 물론 그 비용은 모두 아버지가 지불했다. 마을의 누구든 어려운 일이 생기면 아버지에게 도움을 청했고 돈이 필요한 사람들은 우리 집으로 돈을 빌리러 왔다. 아버지는 농사를 망쳐 생계가 막막한 사람들에게 일자리를 주선해 끼니를 해결해 주시기도 했다.

　이렇게 웃어른을 공경하는 일이나 이웃을 위해 노력하는 아버지의 모습은 우리 형제들에게 살아 있는 교과서였다. 아버지가 교통사고로 돌아가시자 마을 사람들이 조문을 와서 눈물을 흘리며 한마디씩 했다.

　"우리는 늘 손 선생님께 의지하고 살았는데 이제는 살아갈 낙이 없습니다."

나는 사업을 하면서 기업 이익의 사회 환원에 대해 생각했다. 그 방법은 사회사업을 하는 것이었다. 나보다 어려운 이웃과 함께 나누고 더불어 잘사는 것이 내가 사업을 하는 이유 중 하나다. 우리 할머니가 그렇게 하셨고, 우리 부모님 또한 그렇게 하셨기에 나와 내 형제들도 그렇게 하고 있는 것이다. 어려운 처지의 사람들과 함께 먹고, 자고, 지냈던 날들이 지금 내가 사업을 하면서 사회사업에 관심을 쏟게 된 자연스러운 계기가 되었다.

　아버지와 어머니는 우리들에게 정승처럼 벌어서 정승처럼 쓰라고 가르치면서 몸소 모범을 보이셨다. 지금도 나는 "정승처럼 벌어야 정승처럼 쓸 수 있다."라는 아버지의 말씀을 한시도 잊지 않고 있다. 부지런하고 정직하게 번 돈으로 선한 곳에 지원하는 것이 내가 건강하게 사는 날까지 할 일이라고 생각한다.

바른길로 가라

여름이 되어 베란다에 들꽃 화분을 사다 놓고 길렀는데 2~3일 출장 갔다 돌아오자 작고 예쁜 보라색 꽃들이 생글생글 웃으며 나를 반겼다. 출장 가기 전까지만 해도 봉오리가 작게 맺혀 있었는데 어느새 꽃이 활짝 피어 있었던 것이다. 주인 없는 집에서 홀로 꽃을 피운 것을 보니 작고 여린 생명이 기특하고 신비스럽기까지 했다. 꽃을 피우기까지 얼마나 많은 노력을 했을까. 뿌리로 혹은 잎으로 필요한 자양분을 빨아들이는 과정을 생각하면 꽃이 더욱더 아름답게 느껴진다.

헤르만 헤세는 "사람의 일생은 자신을 완성시키는 과정이다."라고 말했다. 우리는 하루하루 살아가는 과정을 소중하게 여겨야 한다. 그 모든 것이 자신의 삶, 인생이기 때문이다.

마흔이 되면 자신의 얼굴에 책임을 져야 한다는 말이 있다. 이 말은 상당히 많은 것을 시사해 준다. 사람의 얼굴에는 그 사람이 살아온 과정이 고스란히 배어 있다. 현재 자신의 위치가 어떻든 어떤 모습을 하고 있든 그 사람의 얼굴에는 숨길 수 없는 삶의 역정이 나타나 있는 것이다.

　그래서일까. 나는 관상가는 아니지만 사람들의 얼굴을 보면 성격과 하는 일, 지난 삶을 짐작할 수 있다. 하도 많은 사람을 만나다 보니 저절로 터득하게 된 '사람을 보는 눈'이라고 할 수 있다.

　나중에 어떤 얼굴을 갖는가는 지금 어떤 삶을 살아가고 있는가를 보면 알 수 있다. 살아가는 과정의 결과물이 자신의 얼굴인 것이다.

　많은 사람들이 결과가 좋으면 다 좋다는 말을 한다. 어떤 사람이 사회적으로 성공을 하고 엄청난 부를 축적했다고 하면 그 사람은 일단 사회적으로 성공한 부자라는 사실로 인해 엄청난 과잉 대접을 받는다. 많은 사람들에게 존경과 부러움의 대상이 된다. 그 사람이 어떻게 돈을 벌었는지 어떻게 성공을 했는지 과정을 살펴보지 않고 눈에 보이는 사실만으로 그 사람을 판단하기 때문이다. 특히 자본주의 사회에서 돈은 곧 인격으로 치부되는 경우가 왕왕 있다. 그러나 우리는 과정을 살펴 옥석을 가리는 것이 중요하다. 결과가 좋으면 다 좋은 것이 아니라 과정이 마땅해야 존경받고 대접받을 수 있는 풍토가 되어야 하는 것이다.

운전을 하다 보면 가끔 마주치는 풍경이 있다. 선팅까지 된 고급 승용차를 탄 사람이 창문을 내린 뒤 창밖으로 침을 퉤 뱉고 지나가는 것이다. 그런 사람을 보면 여지없이 인상이 찌푸려진다. 아무리 고급 승용차를 탔더라도 그의 천박한 의식이 읽히는 것이다.

일도 마찬가지다. 일의 과정이 올바르면 결과가 바르게 나타나지만 과정이 올바르지 않다면 올바른 결과를 기대하기는 어렵다. 아버지는 늘 우리에게 과정을 소중히 여기는 삶을 강조하셨다. 한순간 한순간이 진실해야 좋은 결과를 얻을 수 있다는 것이다.

"모로 가도 서울만 가면 된다는 옛말이 있다. 그러나 너희는 그말을 귀에 담지 말아야 한다. 서울로 가는 길이 비록 더디고 늦을지라도 바른길로 가야 한다."

"모로 가도 서울만 가면 된다."

어떤 수단을 써서라도 목적만 달성하면 된다는 이 말을 아버지는 버려야 할 속담이라고 말씀하셨다.

사실 돌이켜 보면 이 속담은 우리에게 알게 모르게 많은 영향을 미쳤다. 오늘날 우리 사회에 팽배한 무질서와 혼란은 사실 이러한 생각들이 빚어낸 결과라고 생각한다. 빨리빨리, 대충대충, 적당히 등은 우리 사회의 단면을 보여 주는 대표적인 말들이다. 그 안에는 과정이야 어떻든 반드시 목적을 이루고 말겠다는 뜻이 숨어 있는 것이다.

운전을 하며 지방 출장을 다니다 보면 참으로 한심하고 답답한 경우를 많이 당한다. 길이 밀리기 시작하면 어김없이 갓길로 빠져 나가는 사람들이 있다. 줄을 서서 기다리고 있는 다른 차들은 아랑곳없이 자기만 먼저 가면 된다는 식의 태도를 보인다. 결국 그렇게 끼어드는 차들 때문에 길은 더 막히게 된다. 어떤 사람들은 그 모습을 보고 따라 하기도 한다. "저 사람은 하는데 나는 왜 못 해?" 하는 식으로 말이다. 그는 조금 전까지 새치기하는 차량에 대고 욕을 하던 사람이다.

기업을 운영하는 이들 중에도 이런 유혹에 빠지는 사람이 있다. 그들은 빨리 기업을 키우고 싶은 욕심에 수단과 방법을 가리지 않는다. 얼마 전 벤처기업 경영인들이 수십억 원대의 부정 대출, 뇌물 수수 등을 저지른 사건이 언론에 보도되었다. 한숨이 절로 나왔다. 아직 젊은 그들이 왜 나쁜 것부터 먼저 배웠을까. 유망한 젊은 벤처 기업인으로 주목받던 그들은 결국 '모로 가도 서울로 가면 된다'는 생각에 사로잡혀 스스로 감당할 수 없는 나락에 빠져든 것이다. 기백 있고 야심 찬 정신은 온데간데없고 흉악한 욕망만이 남아 있는 그들의 얼굴을 보면서 기업인의 한 사람으로 부끄러움을 느꼈다.

사원 교육을 할 때 항상 강조하는 것은 길을 가도 정도를 걸으라는 것이다. 정도를 걷는 것이 때로는 더디고 늦을지도 모른다. 그러나 조금 늦게 가더라도 바르게 가는 것이 중요하다.

나는 회사를 운영하면서도 정도를 걸으려고 노력했다. 우리 회사 사원들과 소비자들이 우리 회사와 인연이 닿는 것만으로도 자부심을 가질 수 있는 회사로 성장하기를 소망했다. 그러려면 나뿐만 아니라 다른 사람들에게 이익이 되는 회사를 만들어야 했다. 과정을 충실히, 서울로 가도 바른길로 가라는 아버지 말씀을 되새기면서 깨끗하고 투명한, 아름다운 회사를 만들어 가는 것이다.

나는 사람들에게 말하고 싶다. 꽃의 아름다움만 보지 말라고. 꽃나무는 아름다운 꽃을 피우기 위해 너무도 많은 과정을 충실히, 성실하게 살아왔다. 만일 꽃나무가 한 줌의 햇살을 얻는 것에, 한 줄기 물을 빨아올리는 것에 불성실했다면 아름다운 꽃을 피우지 못하고 시들었을 것이다.

사람도 마찬가지다. 삶의 결실을 아름답게 꽃 피우기 위해 하루하루를 충실히 살아가야 한다. 인생에서 건너뛰는 것은 없다. 두 번 사는 것도 없다. 과정을 충실하게, 진실하게 살아야 하는 것이다. 성공을 꿈꾸는 사람들이라면 더욱 그렇게 해야 한다.

미국의 정치가 벤저민 프랭클린은 다음과 같이 말했다.

"성공하는 것은 그리 어려운 일이 아니다. 다만 그 방법을 그르치기 때문에 성공하지 못하는 것이다. 성공병 환자들은 대개 남의 성공을 시기하는 마음이 강하다. 시기하던 끝에 중상모략을 하는데 이런 방법으로는 절대 성공하지 못한다. 또한 자기 능력이나 실력을 생각하지 않고 단숨에 2단, 3단 뛰어오르려는 사람도 성공하지 못한다. 오르더라도 곧 떨어지고 말 것이다."

몸소 부지런함을 보여 주신
아버지

주변 사람들은 나를 보고 참 부지런하다는 말을 많이 한다. 아닌 게 아니라 나는 부지런하게 일하는 것이 몸에 배어 있다. 사업을 하다 보니 부지런함은 큰 미덕이 되었다. 나뿐만 아니라 우리 형제들 모두가 부지런한데 이는 부모님으로부터 물려받은 천성이라고 할 수 있다.

우리 집은 시골 살림치고는 꽤 규모가 크고 넉넉한 편이었다. 우리 집에 머물면서 집안일을 돕는 사람들도 있었고 농사철에는 따로 농사일을 돕는 사람들도 있었으니 살림의 규모가 짐작이 갈 것이다.

그런데도 어릴 때 동네에서 우리 집 형제들만큼 일하는 아이들도 없었다. 사실 집안일을 돕는 사람들이 있어 그리 일손이 부족하지 않았음에도 불구하고 우리는 늘 집안일을 도와주어야 했다.

나는 학교 갔다 돌아올 때 엄마가 책가방을 받으러 나오는 아이들을 보면 그렇게 부러울 수 없었다. 아이들을 엄하게 기르라는 옛말이 있어서인지 모르겠지만 우리 부모님이 책가방을 받으러 나온 적은 단 한 번도 없었다. 어머니가 책가방을 받으러 나온 아이를 부러워하며 집에 들어서면 오히려 반갑지 않은 소리가 나를 반겼다.

"얼른 가방 갖다 놓고 나와서 콩밭 매러 가라."

어머니는 기다렸다는 듯 우리가 미처 옷도 갈아입기 전에 콩밭으로 가라고 하셨다. 우리 형제들은 때로는 투덜거리면서도 부모님의 말씀을 거역하지 못했다.

사실 어린 우리가 콩밭에 가서 밭을 제대로 매기나 하겠는가. 부모님은 우리가 제대로 못할 것이라는 것을 알면서도 밭으로 가라고 하신 것이다.

모내기할 때는 품앗이를 해 주는 사람들이 많아 우리의 고사리 일손이 그리 필요하지 않았을 터였지만 아버지는 초등학생인 우리들에게 모내기를 시키셨다. 그러나 모내기를 하는 어른들은 우리가 무척 귀찮았던 모양이었다.

"얘들아, 발에 걸리적거린다. 일 방해하지 말고 너희들은 나가 놀아라."

어른들의 성화에 못 이겨 우리가 하는 수 없이 논에서 나오면 부모님은 다시 논에 들어가라고 야단을 치셨다. 그 바람에 우리만 가운데서 안절부절못했다.

우리는 일을 잘하지는 못했어도 아버지의 말씀에 따라 논일이든 밭일이든 거들어야 했다. 밭에 파종할 때면 씨앗 주머니를 하나씩

차고 스무 명이 넘는 아주머니 사이에 끼어 일을 했다.

내 나이 또래면 누구나 마찬가지였겠지만 일하는 것보다 노는 것을 더 좋아했던 나는 일이 하기 싫어 아무렇게나 심어 놓은 뒤 저만큼 뛰어가 앉아 쉬고 아주머니들이 그만큼 오면 또 아무렇게나 심어 놓고 저만큼 뛰어가 쉬곤 했다.

우리가 일을 제대로 할 리가 없다는 것을 모르시는 부모님이 아니셨다. 부모님은 우리가 일을 어떻게 하는지는 중요하게 생각지 않으시고 단지 우리에게 일을 하는 습관을 들이려고 하셨던 것 같다. 일을 잘하든 못하든 아랑곳하지 않으셨으니 말이다. 하도 일을 시키는 탓에 놀기 좋아했던 나는 가끔 야단맞을 각오를 하고 까탈을 부리기도 했다. 수업이 끝나면 바로 집으로 가지 않고 일부러 저 멀리 바닷가로 돌고 돌아서 저녁 먹을 때쯤 들어가곤 했던 것이다.

아버지는 늘 일하는 모습을 우리에게 보여 주셨다. 오전에는 왕진을 다니시고 오후에는 일정한 시간까지 환자를 돌보셨던 아버지는 조금도 쉬지 않으셨다. 틈이 있을 때마다 소소한 집안일들을 하셨는데 그때는 우리 세 자매들도 총동원되어야 했다. 오빠는 서산 읍내에 유학 중이었고 아래로 두 동생들은 어렸을 때라 일은 언니와 나 그리고 여동생 몫이었다.

아버지가 고장 난 문을 새로 달고 집안 여기저기 손질할 때면 우리는 한시도 쉬지 않고 잔심부름을 해야 했다. 가끔은 아버지의 억지 아닌 억지 때문에 억울하게 야단을 맞은 적도 있었다. 몸이 아파 찾아온 환자 돌보랴, 왕진 가랴, 집안일 챙기랴 일이 많았던 아버지는 정신이 없으셨던지 종종 우리에게 엉뚱한 심부름을 시키시곤 하셨다.

한 번은 문을 손질하던 아버지가 우리에게 뒤꼍에 가서 판자를 가져오라고 하셨다. 나와 언니는 얼른 판자를 갖다 드렸는데 아버지는 우리에게 엉뚱한 것을 가져왔다고 야단을 치셨다. 우리는 들은 대로 했지만 아버지가 생각했던 것은 다른 것인 모양이었다. 그러면 언니와 동생은 얼른 다시 가져오겠다고 하고 갔지만 나는 꼭 따지다가 매를 맞곤 했다.

"일하지 않는 자 먹지도 말라고 했다. 가난한 자는 게으르고 부자는 부지런하다. 지금 잘사는 사람들은 그 선대의 누군가가 부지런하게 살았기 때문이다. 그 대가로 후손들이 잘사는 것이다."

아버지는 이런 이야기를 들려주시며 근면하고 성실한 생활 태도를 길러 주셨다. 그러다 보니 일하는 아저씨들에게 골탕을 먹은 적도 한두 번이 아니었다. 아버지가 일을 시키는 것을 본 일하는 아저씨들이 우리들이 일하는 것을 당연한 것처럼 여겼던 것이다.

어느 날 학교에 다녀와서 숙제를 하려고 하는데 집안일을 하는 아저씨들이 우리 보고 산에 나무하러 가자고 했다. 숙제가 많았던 나와 동생은 숙제해야 한다며 가지 않겠다고 했다. 그러자 아저씨들은 우리가 말을 듣지 않는다고 아버지에게 일러바쳤다. 아버지는 당장 우리를 불러 야단을 치셨다.

"왜 나무하러 가지 않느냐? 가서 솔방울이나 잔가지라도 주워 오지."

한 번은 이런 일도 있었다. 큰 홍수가 나는 바람에 강물이 불어 논으로 물이 쏟아져 들어왔다. 강물은 순식간에 논바닥을 휩쓸어 버렸고 강물이 지나간 자리엔 강모래가 벼를 덮고 있었다. 그냥 두면 그해 농사를 다 망칠 것은 뻔한 노릇이었다.

아버지는 우리를 불러내 그 빗속에서 모래를 퍼내도록 하셨다. 대야를 하나씩 들고 논에 가 모래를 퍼내야 했는데 꾀를 부릴 수도 없었다. 아버지가 직접 삽으로 모래를 떠 담아 주셨기 때문이었다.

아버지는 몸소 부지런한 삶을 실천하시며 우리에게도 부지런하게 살 것을 강조하신 것이다. 조용히 되새겨 보면 지금 우리 식구들이 부지런하고 나름대로 성공한 것도 아버지의 이 같은 생활 태도를 본받았기 때문이 아닌가 여겨진다.

칭찬으로 우리를 키워 주신
어머니

미국 출장 준비를 하기 위해 한창 짐을 꾸리고 있는데 고향 집에 계신 어머니께서 전화를 주셨다.

"얘야. 여름에 출장을 가면 땀을 많이 흘리니 갈아입을 옷을 몇 벌 가지고 가야 한다. 건강식품도 꼭 챙기고, 막 신고 다닐 운동화도 꼭 넣어 가지고 가라. 음식이 입에 맞지 않으면 고생하니 고추장도 포장해서 넣어 가거라."

어머니는 마치 소풍 가는 초등학생 배낭 챙기듯 일일이 챙겨 주셨다. 여든 된 어머니가 예순 된 아들에게 언제나 차 조심, 길 조심하라고 이른다더니 우리 어머니가 꼭 그랬다. 늘 혼자 사는 내가 염려스러운지 전화를 주셔서 건강 상태를 물어보시고, 밥은 잘 먹는지, 아파트 계단 오르내리기가 힘들지 않은지 물으시곤 하셨다.

아버지가 엄하셨다면 어머니는 한없이 자애로운 분이셨다. 언제나 조용히 아버지가 하시는 일을 도와주셨고 마을 어른들의 생일을 챙기시고, 살림이 어려운 집에 먹을 것을 대주시는 등 아버지 못지 않게 이웃을 위해 많은 일을 하셨다. 두 분이 항상 그렇게 조화로운 삶을 사셨다.

아이들을 키우면서 나는 어머니가 우리에게 어떻게 했던가를 되새긴 적이 많았다. 어머니의 교육 방법은 바로 칭찬이었다. 아이든 어른이든 칭찬은 그 사람의 능력을 몇 배 성장시킬 수 있는 놀라운 힘을 가지고 있다. 칭찬이 얼마나 효과적인 교육법인지 나는 인재 양성 교육을 하면서 깨달았다. 어머니는 89세인 지금까지도 감사하다, 고맙다 는 말을 대화에서 70% 이상 사용하신다.

나는 사원 교육을 할 때 질책보다는 칭찬을 주로 했다. 칭찬은 그 사람의 장점은 더욱 좋게 만들고 단점은 좋은 능력으로 개발시킬 수 있는 힘을 가졌다고 믿기 때문이다. 칭찬이 입에 발린 말이 아니라 진실할 때는 잠재 능력을 일깨우는 좋은 계기가 될 수 있는 것이다.

나는 어릴 적부터 특별히 잘하는 것이 없었지만 늘 푸짐한 칭찬을 듣고 자랐다. 아무리 일을 시원찮게 해도, 아무리 공부를 잘하지 못해도 어머니는 늘 고생했다, 수고했다, 잘했다며 격려해 주고 칭찬해 주셨다.

어머니의 칭찬 덕분에 나는 무슨 일을 하든 주눅 들지 않았고, 누구에게도 열등감을 느껴 보지 못했다. 한번은 친척 아이들과 마을 아이들 여럿이 멀리 바닷가로 조개를 캐러 갔다. 말이 조개를 캐러 간 것이지 사실은 놀러 간 것이나 다름없었다. 우리들은 커다란 바구니를 어깨에 메고 개펄에서 물이 들어올 때까지 조개를 캤다.

하루 종일 개펄에 엎드려 있었는데 내가 캔 것은 몇 개 되지 않았다. 다른 아이들의 바구니에는 내가 캔 것보다 훨씬 많은 조개가 들어 있었다.

같이 갔던 친척집 아이는 나보다 훨씬 많은 조개를 캤지만 어머니로부터 잔소리를 들어야 했다.

"하루 종일 있으면서 이것밖에 못 캤어? 놀다 왔니?"

하지만 우리 어머니는 달랐다. 어머니에게 조개 담은 바구니를 내밀자 "아유, 네가 이 조개를 다 캤구나. 참 장하다. 수고했다."라며 등을 두드려 주셨다.

우리 형제들이 모여 옛날 일을 추억하면 항상 하는 말이 있다.

"우리 어머니는 몸집은 작지만 마음은 태평양같이 넓은 분이야."

어머니는 남을 배려하는 마음이 남다른 분이셨다. 사람마다 '다름'을 인정해 주라 하시면서 어찌 남의 마음이 내 맘 같기야 하겠느냐는 말씀을 늘 하셨다. 생각해 보면 우리 집에 많은 식솔들이 들끓어도 큰소리 한 번 나지 않은 것은 바로 어머니의 이런 넉넉한, 사려 깊은 마음 때문이었다.

형제 많은 집에서는 어릴 때 싸우면서 큰다지만 우리 형제들은 한 번도 싸운 일이 없었다. 어머니께서 모시실을 말리려고 대청마루 한가운데 아주 좁다란 길을 내놓고 양쪽으로 실을 늘어놓으면 우리는 그 실을 한 번도 흩트리지 않고 그 길로 방을 드나들었다. 언제나 바른 자세와 마음가짐을 강조하시는 어머니 교육 덕분에 우리는 매우 조심성 있었고 절도가 있었다.

외가댁에서는 부잣집 딸로 자라셨는데 시집 살림은 넉넉한 편이 아니었다. 그럼에도 어머니는 불평불만이 없으셨고 조금도 낭비하지 않으셨다. 언제나 우리에게 검소하라, 아끼면서 살라고 일러 주셨다.

"쌀은 가마에서 절약하면 많이 절약할 수 있지만 뒷박에서 절약하면 한 홉밖에 절약하지 못한다."

검소하게 아끼고 절약하며 생활한 어머니셨지만 인심만은 후하셨다. 절약은 하되 자린고비 같은 방식이 아니었던 것이다. 절약을 하는 것도 지혜가 있어야 제대로 할 수 있다고 하셨다. 음식이나 밥은 항상 넉넉하게 장만해 이웃의 가난하고 외로운 노인들을 대접하는 것을 좋아하셨다.

아버지께서 살아생전 어머니는 동네의 며느리였다. 아버지께서 이웃 어른들을 모셔다 대접을 해드리면 어머니는 그분들의 며느리 노릇을 하셨다.

걸인들이 밥을 얻어먹으러 오면 어머니는 마루에 밥상을 차려 주셨다. 걸인들은 자기들이 어떻게 마루에서 밥상을 받겠느냐며 밥상을 들고 내려가 바닥에 앉아 먹기도 했다. 일하는 사람들과 같이 식사를 할 때는 어머니는 언제나 아버지와 겸상을 차리셨다. 어머니는 상대가 누구든 겸손히 섬기셨고, 정성을 다해 대접하셨다.

우리 형제들도 남에게 먼저 좋은 것, 깨끗한 것을 주어야 한다는 어머니의 교육을 잘 따랐다. 또한 어머니는 결단력이 강한 분이셨다. 당시 돈을 빌려 가면 일부러 갚지 않거나 또 형편상 못 갚는 분들도 많았다. 그럴 때면 우리 어머니께서는 배짱 좋게 마음을 딱 정리하시고 다시 돈을 받으러 가거나 그에 대해 뭐라고 말씀하시는 것을 본 적이 없다.

한 번은 동네의 아픈 아이가 우리 집에 치료를 받으러 왔는데 배나무에 열린 배를 보고 먹고 싶다고 울먹거렸다. 당시만 해도 배는 귀한 과일이라 제사 지낼 때 쓰려고 우리조차 손을 안 대던 것이었다. 나는 얼른 우는 아이를 뒤꼍으로 데리고 가 배를 따 먹였다. 며칠 후, 그 아이의 엄마가 우리 집에 와서 그 사실을 어머니에게 이야기했다.

"우리 아이가 먹고 싶은 것을 먹여 살아났습니다."

아이 엄마의 말을 들은 어머니는 나를 바라보며 조용히 미소를 지으셨다.

사람을 귀하게 여기고 항상 남의 입장에서 생각을 하라는 어머니의 교육이 많은 사람들을 상대하며 리더 교육을 하는 나에게는 너무나 소중한 자산이 되었다.

어머니는 항상 지혜가 없으면 세상을 살아가는 것이 힘들다고 말씀하셨다. 어머니는 부모님을 이미 여읜 아버지께 18살에 시집오셔서 아버지 형제 7남매를 모두 뒷바라지하셨다. 아버지 형제들 간에 우애가 좋다고 소문이 난 것도 어머니 덕분이었다. 이러한 어머니의 지혜 때문에 우리 또한 마을 사람들에게 좋은 소리를 들으며 성장할 수 있었다.

공부 대신

자율성을 심어 주다

우리 아이들에게, 회사 직원들에게 내가 항상 강조했던 것이 있다면 자율적인 생활 태도다. 스스로 알아서 자기 일을 하라는 것이다. 그래야 자기 일에 대해 계획이 생기고 판단력이 생기고 일을 할 수 있는 자신감과 책임감이 생긴다. 누가 시켜서 억지로 하는 일은 능률이 오를 수 없고 그 일을 좋아할 수도 없다. 일이든 공부든 스스로 좋아서 즐겁게 해야 한다.

우리 속담에 "빗자루 드니까 마당 쓸라고 한다."라는 말이 있다. 하던 일도 누군가가 시키면 하기 싫어진다는 말이다. 바꾸어 말하면 무슨 일이든 자율적으로 해야 일할 기분도 생긴다는 말이 된다.

내가 크면서 부모님에게 듣지 못한 말이 있다면 공부하라는 말이다. 나는 공부를 못했지만 한 번도 공부하라는 소리를 듣지 못했다.

공부를 못해 야단맞은 적도 없었다.

부모님은 공부하라고 강요한 적도 없으셨지만 어떤 일을 하지 말라고 한 적도 없으셨다. 때때로 우리가 큰 잘못을 했을 때 혼을 낸 적은 있으시지만 모든 일을 우리 스스로 판단해서 할 수 있도록 맡겨 주셨다. 우리는 무슨 일을 하든 책임감을 가지고 자율적으로 했다.

부모님은 우리가 어떤 일을 하겠다고 하면 "그래, 한번 해 보아라."하시면서 용기와 비전을 주셨고 그 일을 할 수 있는 방법을 가르쳐 주셨고 뒷받침해 주셨다.

내가 회사 일이든 사회의 일이든 언제나 자신감 넘치게 추진할 수 있는 것은 무엇이든 자율에 맡겨 준 아버지의 교육법 덕분이다.

우리 고향 마을에는 중학교가 없어 중학교에 진학할 때면 형제들 모두 읍내로 나가야 했다. 아직은 부모님 밑에서 공부할 어린 나이인 우리들에게 자취 생활이 다소 버거웠지만 어릴 적부터 자기 일은 스스로 알아서 할 수 있도록 교육을 받았기 때문에 별 어려움 없이 잘해 나갈 수 있었다.

어린 나이에 부모님과 떨어져 지내는 탓에 공부를 잘 해낼 수 없어 성적이 형편없었지만 아버지는 그 부분에 대해서는 일체 말씀을 하지 않으셨다. 학비나 생활비는 부족함 없이 주셔서 우리를 뒷받침해 주셨지만 돈을 주실 때 한 번도 어디에 어떻게 쓸 것인지 묻지 않으셨다. 그만큼 우리를 믿으셨던 것이다. 우리를 믿어 주신다는 걸 알았기에 나나 우리 형제들은 허튼짓을 할 수 없었다. 믿어 주시는 부모님에게 걱정을 안겨 드릴 수는 없었기 때문이었다.

한 달에 한 번 집에서 용돈을 받는 날이면 우리 여섯 형제들은 책값, 학용품 값, 옷값까지 한꺼번에 적어서 받았다. 가장 많은 용돈을 타 내는 사람을 바로 나였다. 따로 쓸 곳이 있었기 때문이었다. 우리 반에는 집안 형편이 어려워 도시락을 못 싸 오는 친구가 있었다. 나는 일부러 그 친구와 함께 저녁이면 시내에서 자장면을 사 먹기도 했다.

아버지는 내가 다른 형제들보다 용돈을 좀 많이 타 내는 것을 아셨지만 일절 사용처를 묻지 않으셨다. 어련히 알아서 잘하겠느냐는 믿음이 있으셨던 것이다.

아버지는 아주 작은 집안일도 어린 우리들을 포함해서 가족 한 사람 한 사람의 의사를 모두 들어 보고 결정하셨다.

집을 신축할 때 아버지는 우리 여섯 남매를 불러 앉히고 의견을 물으셨다. 공부방은 어디로 낼 것인지, 창문은 어떻게 달 것인지 등. 그때 여섯 살이었던 막내 남동생의 의견도 물론 물으셨고 우리들의 의견을 반드시 참조하셨다.

아버지는 공부하라는 이야기 대신 마을 어른들 만나면 인사 잘해라, 남의 물건을 지푸라기라도 건드리지 마라, 배고픈 사람을 보면 자신은 먹지 않더라도 그 사람을 먼저 챙겨 주라는 말씀을 해 주셨다.

나는 공부에는 별 관심이 없었다. 공부하라고 누구 하나 채근하지 않으니 자연히 그렇게 될 수밖에 없었다. 하지만 학교 행사나 일을 할 때는 항상 적극적으로 추진했다.

고등학교 때의 일이다. 당시 내가 다니던 학교는 이제 막 문을 연신생 사립 고등학교여서 교내 시설이 제대로 갖추어져 있지 않았다. 그래서 나는 고등학교 1학년 때 친구들을 모아 시장에서 커튼감을 사다 모든 교실에 커튼을 만들어 달았다.

또한 우리 학교는 사립학교라 재단 손님들이 서울에서 많이 내려왔는데 그 손님들을 위해 다과상을 차리는 것도 내가 앞장서서 했다. 다과상을 어떻게 차릴 것인지 계획한 다음 장을 보고 상을 차려 냈다. 내가 그렇게 할 수 있었던 것은 아주 어릴 때부터 큰일을 많이 해 본 덕분이었다.

내가 아버지에게 남다르게 감사하는 부분이 바로 이 자율성이다. 어머니는 우리가 안쓰러워 될 수 있으면 일을 시키지 않으려고 하셨다. 그 정도로 아버지는 우리에게 일을 많이 시키셨다. 내가 지금 사회인이 되어 큰일을 두려움 없이 해내는 것도 모두 아버지의 자율성 훈련 덕분이 아닌가 싶다.

그것은 우리가 적극적이고 자율적으로, 책임감 있게 일을 하는 데 큰 도움이 되었다. 하지 말라거나 안 된다는 이야기를 하지 않고 앞으로 나가 일을 만들고 끌고 가는 힘을 길러 주신 부모님 덕분에 힘들고 지칠 때도 포기하지 않고 견딜 수 있는 능력을 지니게 된 것이다.

전화위복이 된
젊은 시절의 방황

두 아이의 엄마가 된 지금 나는 부모님께 배운 대로 아이들을 교육시킨다. 철저히 자율에 맡기는 것이다. 아이들을 자율에 맡겨 놓으면 엇나갈까 봐 걱정하는 부모들이 더러 있다. 나는 그런 부모들에게 자신 있게 말한다.

"자식은 부모의 거울입니다. 부모의 삶이 올바르고 남의 모범이 되면 아이들은 일시적으로 방황하더라도 반드시 제 궤도를 찾아 돌아옵니다."

요즘처럼 청소년 문제가 심각한 때 이런 이야기를 하면 세상 물정을 모른다고 말할지도 모르겠다. 환경이 옛날 같지 않아 부모가 아무리 열심히 살아도 엇나가는 아이들이 많다는 이야기도 할 것이다. 그러나 나는 자신할 수 있다. 부모들로부터 듣고 본 바가 있는 아이들은 부모가 여유를 갖고 자신을 믿어 줄 때 반드시 제자리로 돌아온다는 것을. 젊은 날 한때의 방황은 삶의 거름이 되기도 한다.

　나도 재수생이었던 시절 한때 방황한 적이 있었다. 탈선한 것은 아니었지만 공부가 하기 싫어 여기저기 기웃거리며 시간을 보냈다. 부모님들 눈에는 하라는 공부는 안 하고 음악다방이나 다니는 철없는 재수생처럼 보였을지도 모른다. 하지만 그것이 내게 헛된 시간이 아닐 수 있었던 것은 나름대로 사회를 배우고 경험하고 고민했기 때문이다.

　공부에 별 관심이 없었던 나는 대학 시험에 떨어져 부산에 있는 재수생 학원에 등록했다. 공부를 하기 위해 나에게 새로운 도시인 부산으로 오긴 했지만 나는 여전히 공부에 관심이 없었다. 뒷자리에 앉아 다른 생각만 하고 6개월 동안 가방만 들고 왔다 갔다 했다.

　고등학교를 졸업하고 대학에 가지 못한 아이들이 대부분 그렇듯이 나도 내 정체성이 혼란스러웠다. 재수를 하면서 공부를 하고 있으니 사회인은 아니고 그렇다고 학생도 아닌 신분이 어정쩡한 상태였다. 나는 점점 재수생 생활에 싫증을 느끼기 시작했다. 학원에서의 시간들이 설렁설렁 흘러갔고, 나는 갈수록 나른해지기 시작했다. 마음속으로 불안했지만 나는 다방을 들락거리며 시간을 보냈다.

　하루는 수업을 하고 있는데 뒷자리의 친구가 내 등을 톡톡 쳤다.

　"인춘아, 오늘 우리 언니네 음악다방 가지 않을래?"

　"언니가 다방을 해?"

"아니 DJ야."

나는 귀가 솔깃해졌다. 요즘에는 거의 찾아볼 수 없지만 당시 음악다방 DJ는 젊은이들에게 인기 스타였다. 친구를 따라 음악다방에 간 나는 친구 언니가 너무 부러워 DJ를 할 수 있게 해 달라고 친구 언니를 졸랐다. DJ를 하면 팝송으로 영어 공부 하나는 제대로 할 수 있을 것 같았다. 대학에 가려면 영어가 필수인데 음악을 들으면서 영어 공부까지 하니 일석이조가 아닌가.

나는 그때부터 DJ를 시작했는데 한 달 정도 지나자 친구 언니가 나를 불렀다.

"너, 이제 DJ 그만하고 공부해라. 대학에 가려면 공부해야 한다."

나는 더 이상 DJ를 할 수 없었다. 친구 언니 말도 일리는 있었다. DJ를 하면서 남은 것은 팝송뿐이었다. 팝송을 들으며 영어 공부를 한다는 계획은 그렇게 끝이 났다.

그러는 동안 공부는 점점 멀어졌다. 조금이나마 사회생활을 하게 되자 아버지가 보내 주시는 용돈만으로는 부족했다. 공부만 하면 넉넉할 액수였지만 놀기 좋아하는 나에게는 어림없었다. 그렇다고 부모님에게 용돈을 더 달라고 하기에는 염치가 없었다.

그때 마침 회사를 다니면서 대학 입시를 준비하던 친구가 자기 회사에서 신입 사원을 뽑는데 응시해 보겠느냐고 했다. 그 친구는 금성사 품질관리부에 근무하고 있었다. 나는 그 친구의 권유로 총무과에 입사 지원서를 냈다. 상고를 졸업한 덕분에 주산, 부기 자격증이 있어 나는 거뜬히 회사에 들어갈 수 있었다.

나는 부모님께 취직했다는 사실을 숨기고 회사를 다니면서 밤에 학원을 다녔다. 말하자면 주경야독晝耕夜讀이었는데 결코 쉬운 일이 아니었다. 하루 종일 회사에서 일하고 5시에 퇴근해 학원에 가면 꾸벅꾸벅 졸기 일쑤였다. 나는 결국 공부를 포기했다.

그때까지 집에서는 내가 착실히 공부를 하는 줄 알고 있었고, 용돈도 꼬박꼬박 보내 주셨다. 9월이 되어, 대학 시험 볼 날짜가 점점 다가오자 나는 초조해지기 시작했다. 부모님 때문이었다. 하라는 공부는 안 하고 직장에 다니고 있으니 얼마나 한심한 노릇인가. 나는 언니에게 전화를 걸어 의논을 했다.

언니는 큰일 났다고 생각했는지 오빠에게 연락을 했다. 현역 장교로 있었던 오빠는 내가 몹시 걱정되었던 모양이었다. 오빠는 어떻게든 동생을 자리 잡게 만들어 주어야겠다는 생각으로 내게 여군이 될 것을 권유했다. 나는 오빠의 권유에 강한 호기심을 느꼈다. 여군이 굉장히 매력적인 직업으로 다가온 것이다.

그러나 나는 여군 시험에서 떨어지고 말았다. 일반 사람들은 여군을 어떻게 생각할지 모르지만 최고만이 들어갈 수 있는 곳이라는 것을 그때서야 알게 됐다. 그때 군인 공무원 5급 시험이었다. 나는 포기하지 않고 다시 도전했다. 재도전 끝에 나는 시험에 합격하게 되었다. 여군이 된 후 처음으로 월급인 35,000원을 받았던 기억이 지금도 생생하다. 재도전 끝에 얻어진 결과라 나에게 무척 뜻깊었기 때문이었다.

여군에서 배운 인생

예전에 일부 고위층과 부유층 자녀들이 군 입대를 기피하기 위해 서류를 조작하고 뇌물을 준 사실이 드러나 물의를 빚은 적이 있었다. 이 문제는 두 가지 측면에서 사회적으로 좋지 않은 영향을 미친다.

하나는 고위층, 부유층의 자녀들이 돈을 주고 군대에 가지 않으려는 것은 사회적 형평에 맞지 않는 일이라는 것이다. 그들의 행위는 보통 사람들에게 위화감을 조성하고 이는 결과적으로 우리 사회에 불신감을 증폭시키는 악영향을 미친다.

우리나라 지배층의 이런 태도는 영국 왕족들의 태도와는 너무나 대조적이다. 그들은 전쟁이 나면 지체 없이 전장에 나간다. 엘리자베스 2세의 남편인 필립 공, 아들인 앤드류 왕자가 각각 2차 세계대전과 포클랜드 전쟁에 참여한 이야기는 너무도 유명하다. 그들이 로얄 패밀리로 영국 국민들에게 인정받고 사랑받는 것은 바로 이러한 솔선수범하는 태도 때문이다.

돈과 권력이 있다고 해서 지도층이 될 수 있는가. 결코 그렇지 않다. 상류층은 더더욱 될 수 없다. 진정한 고위층, 상류층은 사회에 대한 책임 의식이 우선되어야 하는 것이다. 병역 비리 등에서 보듯 자신들만 편하면 된다는 생각을 하는 사람들은 결국 사회에 불신의 씨앗만 뿌려 놓게 될 것이다.

두 번째는 병역을 기피하는 것이 자기 자녀들에게 결코 득이 되지 않는다는 것이다. 귀한 자식일수록 엄하게 기르라는 옛말이 있다. 온실 속의 화초처럼 자라난 아이들은 어떤 문제에 부딪치면 스스로 해결 방법을 찾지 못한다. 인내심도 없다. 사실 무조건 요구 사항을 들어주는 부모가 있기 때문에 그들은 매사에 인내할 필요도 못 느끼고 그럴 훈련이 안 되어 있는 것이다.

"눈에 넣어도 아프지 않은 녀석을 어떻게 군대에 보내?"

"돈도 있는데 내 자식을 왜 고생시켜?"

이런 사고방식을 가진 사람들이 결국은 자녀를 국방의 의무를 기피한 범죄자로 만드는 것이다.

많은 사람들이 군에서 복무하는 기간을 '썩는다'는 말로 표현한다. 그러나 여군 생활을 경험한 나는 단호하게 아니라고 말하고 싶다. 2년 동안 썩는다면 그동안 아무것도 하지 않고 지낸다는 말인가?

군 생활도 자기 인생이라고 생각하고 받아들이면 그보다 더 소중한 생활은 없을 것이다. 자기 인생과는 별개의 세월로 생각하기 때문에 썩는다고 생각하는 것이다.

부모 곁을 떠나 2년이라는 세월을 지내는 동안 그들은 많은 것을 배운다. 사회와 조직을 체계적으로 배우고, 질서에 대해서도 배운다. 국가관, 세계관이 뚜렷해지며 훈련을 통해 땀의 소중함도 배운다. 자기 자신을 책임질 줄 아는 인간이 되는 것이다. 나는 군대야말로 정신적으로 나약하고 사회 적응을 못 하는 아이들을 인격과 능력을 겸비한 책임감 있는 청년으로 만들어 내는 장소라고 생각한다.

대학을 못 가 재수생 생활을 할 때도 나는 세상에 대해 어려움을 느끼지 못했다. 정신적으로나 물질적으로 큰 어려움 없이 자란 탓에 세상 물정을 잘 모르고 지냈던 것이다. 만일 아버지와 오빠가 여군 지원서를 가져다주지 않았더라면 나는 세상이 만만한 줄 알고 그렇게 살았을 것이다.

언니로부터 내가 대학 입시 공부를 하지 않고 있다는 이야기를 들은 오빠는 나에게 간호장교 지원서를 사다 주었다. 오빠가 군 장교로 근무해서 그런지 나는 군인에 대해 호감을 가지고 있었고 어차피 공부를 안 할 바에는 간호장교가 되는 것도 괜찮을 것 같다는 생각이 들었다. 부모님으로부터 허락도 받았다. 아버지나 어머니는 그 시대의 다른 부모님들과는 달리 '여자가 얌전히 있다가 시집이나 가지.'라는 생각은 절대 하지 않으셨다. 아들이든 딸이든 누구나 자기가 하고자 하는 일을 적극적으로 하라고 가르치셨다. 특히 우리 부모님께서는 딸은 남의 집에 시집가서 살려면 더 능력이 있어야 한다고 하셨다. 그래서 우리들이 적성에 맞는 일을 찾아 잘하기를 바라셨고 원하는 바를 이룰 때까지 뒷받침도 원 없이 해 주셨다.

또 부모님께서는 내가 위경련에 자주 시달렸기 때문에 군대에 가면 규칙적인 생활을 할 수 있어 위가 치료된다고 말씀하시며 내가 여군에 지원한다고 했을 때 적극적으로 밀어주셨다. 하지만 간호장교가 거저 되는 것은 아니었다. 고등학교 때 공부를 제대로 안 했던 내가 시험에 붙을 리 없었다. 간호장교 시험에 떨어지자 오빠는 이번에는 여군 부사관 시험에 응시하라고 했다. 여군 하사관은 당시 5급 공무원이었다. 결코 쉬운 시험이 아니었다. 나는 부사관 시험에 한 번 떨어졌다. 그러자 오기가 생겼다. 무슨 일이 있어도 붙어야 한다는 결심을 했다. 원서를 사다 준 오빠에게도 체면이 말이 아니었다.

나는 난생 처음 공부에 매달렸다. 한글세대인 나에게 한자는 거의 암호와 같았고 고등학교 때 영어가 아닌 일본어를 배운 탓에 영어 또한 암호였다. 그러나 오기로 버텼다. 자존심이 걸린 문제였기 때문이었다. 그리고 마침내 세 번째 시험에서 60대 1의 치열한 경쟁률을 뚫고 합격할 수 있었다.

신체검사와 면접은 굉장히 엄격하게 이루어졌다. 그때만 해도 여군에 대한 편견이 심할 때였다. 흔히 생활이 엉망이거나 실연당한 여자들이나 여군에 간다고 여기는 사람들이 많았던 것이다. 그러나 여군 신원 조회는 상당히 까다로웠다. 사생활이 문란한 사람은 물론 사돈에 8촌까지 사상적으로 문제가 있는 사람이 있다면 결코 여군이 될 수 없었다.

나는 신원 조회도 거뜬히 통과해 여군이 되었다. 1978년의 일이었다. 여군 학교 훈련은 만만치 않았다. 남자들처럼 지옥훈련은 아니었지만 보통 여자들은 결코 받아 본 적이 없는 강도 높은 훈련이 계속됐다.

나는 당시 훈련이 끝나고 행해졌던 우리들만의 행사를 잊지 못하고 있다. 막 훈련을 끝내고 쉬려고 하면 우리는 연병장 잔디밭에 모이라는 호출을 받았다. 처음에는 우리가 잘못을 저질러 벌을 받는가 싶어 떨리는 마음으로 연병장으로 나가기도 했다. 하지만 아니었다.

소대장님은 연병장 잔디밭에 우리를 누우라고 하고는 '고향의 봄', '어머님 은혜' 등을 부르게 했다. 평상시에 불러도 서러움에 울컥해지는 노래를 고향과 부모를 떠난 처지에 부르니 저절로 눈물이 났다. 우리는 노래를 부르는 순간만은 순수한 자연으로 돌아갔다. 고된 훈련으로 마음이 힘들어지고 어려울 때 그 노래들은 자칫 삭막해지기 쉬운 군 생활을 정서적으로 순화시키는 역할을 하기에 충분했다. 물론 구보도 있고 얼차려도 있고 단체로 벌을 받기도 했었다. 그중 기억에 남는 벌이 있다. 전부 여성들이어서 말이 많다 보니 훈련 중에도 떠드는 사람들이 있었다. 이에 여성 소대장님께서 우리들에게 바늘을 물게 하고 구보를 시켰다. 그때의 기억이 아직도 생생하다.

여군으로 지내는 동안 존재하는 것들을 사랑하는 마음이 뜨거워졌다. 가족과 이웃, 국가의 소중함을 새삼 깨닫는 것도 고된 훈련을 견디고 난 후였다. 비가 오고 바람이 몰아치는 날에 살아야겠다는 의지가 불끈 솟는 것과 같은 이치였다. 어려움을 극복하고 나면 존재한다는 사실이, 존재하는 모든 것들이 고맙고 소중해지는 것이다.

여군 생활에 있어 잊을 수 없는 추억이 있다. 바로 전술 행군이다. 말이 전술 행군이지 나 같은 피교육생들에게는 소풍이나 진배없었다. 학교장, 대대장, 중대장은 우리들의 점심을 준비해 주었고 우리는 갖은 반찬을 만들어 계곡에서 밥을 해 먹었는데 평생 그렇게 달고 맛있는 밥은 먹어 보지 못했다.

우리는 가끔 포복을 하곤 했는데 10미터 정도 기어가면 온몸이 상처투성이가 되었다. 그런 훈련들은 내 인생에 여리고 무른 씨앗들을 더욱 단단히 하는 햇볕 같은 역할을 해 주었다. 사업을 하는 나의 끈기와 힘은 군 생활을 할 때 받은 극기 훈련 덕분에 생긴 것이다.

훈련을 마치고 내가 처음 부임한 곳은 대전 3관구 인사처였다. 나는 그곳에서 인사 행정 관리를 하면서 체계적으로 조직 관리와 행정관리를 공부할 수 있었고 훈련을 통해 지휘력과 통솔력을 익힐 수 있었다. 나는 유능한 분들과 함께 일하면서 내 능력을 개발해 나갈 수 있었다.

대전 인사처에 근무할 때 5·18이 일어났다. 5·18 광주민주화운동으로 많은 시민이 억울한 죽음을 당했다. 하지만 군인들도 억울한 죽음을 당하기는 마찬가지였다. 군인들은 또 다른 피해자였다. 나는 젊은 특전사 대원들이 송장이 되어 트럭에 실려 들어오는 것을 보면서 역사의 소용돌이에 휘말려 무참히 희생당한 젊은 영혼들을 통해 한 개인이 얼마나 무력한지를 깨달았고 인간의 존엄성을 새삼 되새겼다.

그러던 어느 날 인사처로 공문이 올라왔다. 충청도에서 한 부사관이 바다에 뛰어들어 자살한 사건에 관한 것이었다.

나는 공문 내용을 보는 순간 숨이 막힐 것 같은 전율을 느꼈다.

"사람은 숨을 쉬지 않는데 시계는 가고 있다."

그것은 바로 군대라는 속성을 보여 주는 것이기도 했다. 한 사람은 죽었지만 조직은 살아 있다는 의미도 되었다. 확대해 보면 세상도 그랬다.

나는 대전 3관구 인사처에서 2년을 근무한 뒤 대구 2군 사령부 작전처로 발령을 받았다. 여군은 엄격한 엘리트주의를 지향했기 때문에 나는 최고의 환경에서 지낼 수 있었다. 의식주는 국내에서 최고급으로 지급받았고 특히 2군 사령부는 부대 안에 영화관, 호수, 골프장, 낚시터 등 최고의 시설이 갖추어져 있었다.

군 생활을 하면서 나는 야간대학에 입학했다. 늦공부가 트였는지 군에 있으면서 나는 비로소 공부의 재미를 느꼈다. 낮에는 군 생활을 하고 저녁에는 야간대학을 다니며 경영학을 전공했다. 그러나 군 생활을 하면서 공부를 한다는 것은 결코 쉬운 일이 아니었다.

나는 작전부대에서 1년 반 정도 근무하고 부사관으로서는 처음으로 서울 여군 학교에 교관으로 가게 되었다. 여군 학교는 학교장, 교수 부장 등 실력이 대단한 분들이 많았다. 3년간 교관 생활을 하면서 나는 많은 것을 배울 수 있었다.

교관 생활은 자유 시간이 많은 편이었다. 나는 하루에 4~5시간 수업하고 남은 시간을 활용해 경영학 공부를 다시 시작했다. 혼자 하버드대학에서 발간한 매니지먼트학 등 전문 서적을 찾아 읽고 비즈니스 관련 책도 많이 봤다.

군에서 훈련을 받은 덕에 리더십이 형성되어 있는 데다 공부를 하자 엄청난 발전이 왔다. 공부에 재미를 느낀 나는 공부를 더 해야 겠다는 욕심으로 제대를 결심하게 되었고, 1984년 10월, 6년간의 군 생활을 마감하고 전역했다.

6년간의 군 생활은 손인춘이라는 개인에게 엄청난 변화를 가져다주었다. 나는 더 이상 개인의 자격으로 세상을 사는 것이 아니었다. 조직 생활을 통해 '모두'의 소중함을 알았고 또한 '인간'의 소중함도 깨달았다. 그리고 하나의 틀을 갖춘 인간으로 태어났다. 부모님의 인성 교육과 정신교육이 내 기본을 갖추어 주었다면 군 생활은 정신적, 육체적 건강의 기초를 다지는 것은 물론이고 사회생활을 하는 데 있어 나의 부족했던 부분을 채워 주었다.

아버지는 세계적인 사업을 하게 해 주겠다고 하시면서 나에게 전역을 요구하셨다. 만으로 5년 8개월, 햇수로 6년 만에 나는 전역을 하게 되었다.

가슴 속의 그리움을 자아내는
보라색 꽃창포, 손인춘 作

바보 경영이
가져다준 행복

* * *

일방적으로 기업을 사랑하라고 하지 말고
자연스럽게 기업을 사랑할 수 있도록
기업 문화를 만들어 가는 경영자가 되어야 한다.
기업 문화가 바뀌면 사원들의 마인드가 바뀌고,
회사를 사랑하는 마음이 생기게 된다.
그래야 사원들도 기업이 소중한 걸 알고
기업과 함께 성장하려고 노력하게 되는 것이다.

인맥보다
더 중요한 것

사업을 하려는 사람에게 가장 중요한 요소는 무엇일까? 많은 사람들이 자본, 기술, 시장을 들 것이다. 그러나 대한민국에서 사업을 하려는 사람들에게 중요한 요소가 무엇이냐고 물을 때 빠지지 않고 등장하는 단어가 있다. 바로 인맥이다.

학연, 지연, 혈연으로 구분되는 인맥은 사회생활을 하는 데 있어 매우 중요한 요인이다. 때로는 한 사람의 인생을 좌우할 정도로 강력한 힘을 발휘하기도 한다. 정치, 경제계는 물론이고 학계에서도 인맥이 없으면 성공하기 힘들다고 한다.

우리나라에서 사업에 성공하느냐 실패하느냐는 인맥이 좌우할 때가 많다. 인맥에 대한 처세술을 다룬 책이 잘 팔리는 것도 이러한 이유 때문일 것이다. 사업을 하든 무엇을 하든 인맥 만들기에 정성을 쏟는다. 하지만 인맥으로 하는 사업은 위험부담이 크다. 아는 사람들한테 노하우를 다 유출당하여 다른 곳에서 유사한 제품이 나오는 경우도 있다. 그래서 사실 인맥으로 사업을 한다는 것이 더 힘든 일이다. 나는 미국 시장에 처음으로 가서 친한 분께 소개를 받았다. 나는 믿었고 큰돈을 투자했다. 결국 1억 원 이상을 사기 당했다. 누구보다 믿었기에 큰돈을 맡길 수 있었던 것이다. 하지만 그만큼 피해액도 컸고 마음의 상처도 컸다.

나도 종종 엉뚱한 오해를 받기도 한다. 한번은 기업인 모임에 나갔는데 한 기업인이 나에게 이런 말을 건넸다.

"손 사장은 빽Background이 든든한가 봅니다. 이 불경기에도 사업을 잘하고 있으니 말이에요."

내가 여군 출신이라 으레 인맥이 많겠거니 지레짐작하는 것이었다. 그런 질문을 들으면 나는 마음속으로 '저의 빽은 하나님입니다.' 혹은 '든든한 부모님을 둔 덕분입니다.'라고 생각하며 이렇게 말했다.

"이렇게 작은 사업을 하면서 내 인맥을 활용해요? 인맥은 더 큰 사업을 할 때 활용해야지요."

농담으로 받아넘기기는 했지만 뒷맛이 개운치 않았다. 아직도 정말 건실하게 실력을 쌓아 사업을 하는 기업인을 보고 인맥이 좋아 그러려니 생각하는 우리 사회의 인식이 안타깝다.

인맥으로 성공하는 시대도 좋지만 지금은 전문성과 기술을 높이고 더불어 성실히 책임 있게 일을 수행하는 시대다. 무엇보다 기술을 개발하고 기업 문화를 가꿔 고객을 만족시키는 것이 중요한 것이다.

더욱이 지금은 글로벌 경쟁 시대다. 과거에는 우리끼리 경쟁을 했지만 이제는 세계에 있는 기업들과 경쟁을 해야 한다. 세계의 유수한 기업들과 경쟁해서 성공해야 하는 시대에 인맥으로 사업을 한다는 것이 어렵게 되어 버렸다. 이러한 경쟁에서 살아남기 위해서는 직원들이 행복하게 일할 수 있는 기업 문화를 가꾸고 기술을 높여 고객을 만족시키는 데 집중해야 할 것이다.

아줌마를 벗어나라

월급을 준 다음 날, 신입 사원 한 사람이 내 방에 무언가를 놓고 갔다. 은은한 분홍빛 포장지에 파란 끈으로 예쁘게 리본을 한 선물 상자였다. 조심스레 열어 보니 속옷과 함께 편지가 들어 있었다.

…사장님을 너무 많이 사랑한다고 말씀드릴게요. 남편 그늘에서만 사는 것이 행복한 여자의 일생인 줄 알았던 저에게 요즈음 커다란 변화가 일어나고 있어요. 인성에 와서야 내가 얼마나 무능하고 보잘것없는 여자였는지 절감했기 때문이죠. 바로 어제 4월 25일, 저는 난생 처음 월급봉투를 받아 보았어요. 저에게 있어서는 너무도 충격적인 사건(?)이자 감동의 순간이 아닐 수 없었어요. 별로 잘한 것 같지도 않은데 이처

럼 고액의 봉급을 받고 보니 정말 감사하다는 말밖에 달리 드릴 말씀이 없군요. (중략) 저는 인성에 와서 사장님의 국가관과 사장님이 추진하는 국민의 건강 증진 운동, 환경 운동 등에 정말 놀라지 않을 수 없었답니다. 지금 국가적으로 얼마나 어려운 시기예요? 직장을 잃고 헤매는 많은 사람들에게 도움을 주고자 인성과 같은 좋은 회사를 설립하신 사장님의 경영 마인드, 기업 이념이 저에게는 너무도 자랑스러워요. 다시 감사드리면서 저도 신나고 즐겁고 보람 있는 일을 찾아 열심히 할 것을 약속드립니다.

이 편지를 읽고 나는 마음 깊숙한 곳에서부터 뿌듯함을 느꼈다. 회사 경영자로서 이보다 더 큰 기쁨이 어디 있겠는가. 나는 더욱 열심히 경영을 해 많은 여성들의 잠재 능력을 일깨워 주어야겠다는 다짐을 했다.

프랑스 언어 사전에 우리나라의 '아줌마'라는 단어가 등록되어 화제가 된 적이 있다. 아줌마는 우리나라에만 있는 아주 독특한 성 개념의 단어로 결혼한 여성을 비하하는 의미가 들어 있다. 우리나라 여성들은 대체로 결혼을 하고 나면 직장을 그만두고 아줌마가 된다.

"여자가 집에서 살림하고 아이나 잘 기르면 되지 직장은 무슨 놈의 직장!"

"집안에서 살림만 잘해도 돈 버는 거야!"

시대가 바뀌고 의식이 달라지긴 했지만 아직도 암탉이 울면 집안이 망한다는 인식이 사람들의 머릿속에 뿌리 깊게 자리 잡고 있어 많은 아줌마들을 만들어 내고 있다.

얼마 전까지만 해도 기혼 여성이 직장 생활을 하는 것을 못마땅하게 여기는 사람들이 많았던 것이 우리의 현실이었다. 이 때문에 우리나라 여성들이 제대로 능력을 발휘할 수 있는 터전조차 마련되기 어려웠던 것이다. 여성들 스스로도 결혼만 잘하면 된다는 생각으로 자신의 능력을 잠재운 경우도 없지 않았다.

물론 결혼을 하고 아이를 낳아 기르는 일도 여성의 중요한 몫이다. 그러나 여성들이 자신의 활동 영역을 단지 가정으로만 축소시켜 자신의 능력을 잠재우는 것은 바람직하지 않다. 잠재된 능력을 개발해 사회에, 이웃에, 국가에 보탬이 되는 것이 훨씬 보람 있는 일이라고 생각한다.

요즘에도 언론 매체들을 보면 주부 탈선에 관한 기사가 심심찮게 오르내린다. 나는 그 기사를 읽고 도를 지나친 주부들의 비윤리적인 탈선에 경악을 금치 못했다. 예전에는 장바구니를 들고 카바레에 드나들다가 발각되는 경우가 고작이었지만 이제는 아이들까지 버리고 윤락행위를 하는 주부들도 있어 심각한 사회문제를 야기하고 있다. 식당 등에서 일하던 기혼 여성들이 보다 손쉽게 돈을 벌기 위해 윤락까지 한다는 내용은 실로 충격적이다.

생계유지를 위해 어쩔 수 없이 나온 사람들도 있지만 개중에는 경제적으로 여유가 있는 데도 가정을 뛰쳐나온 경우도 있다. 멀쩡한 주부들이 인터넷 채팅에 빠져 가정 파탄을 자초하거나 다단계에 빠져 돈도 다 잃고 건강을 해치거나 이혼 등으로 방황하는 여성이 많다. 물론 극단적인 경우이긴 하지만 이런 주부들을 가만히 들여다보면 탈선하는 요인이 비슷비슷하다는 것을 알 수 있다.

결혼을 하고 아이 한둘을 낳아 키울 때는 집안일에 얽매여 자신들의 정체성을 종종 잊고 산다. 그러다 아이들이 자라고 살 만한 집도 마련하고 나면 갑자기 할 일이 없어졌음을 느끼게 된다. 다시 말해 삶의 목표가 사라져 버리고 우울증이 생기게 되거나 이 상황에서 갱년기까지 겹치는 경우도 있다.

아이들은 커 가면서 엄마와는 이야기하려고 하지 않고, 남편은 남편대로 바깥일에 몰두하다 보면 대화하는 시간들이 줄어들면서 여성들은 극심한 소외감과 상실감을 느끼기 시작한다. 아이들에게 몇 마디 말이라도 붙이려고 하면 "엄마가 뭘 알아." 하며 퉁명스럽게 대하고 남편과 대화 좀 하려고 하면 "피곤한데 왜 그래?" 하는 식으로 면박을 준다. 집안일만 하다 보니 바깥 물정은 잘 모르고, 그 때문에 직장을 구하려고 해도 두려움이 앞선다.

그러다 보면 자신감도 잃어버리고 자신도 모르는 사이에 능력 없는 사람으로 전락해 버리는 것이다. 또 지출이 과다해지면서 손쉽게 돈을 벌겠다는 생각에 무방비로 노래방 도우미 등으로 나서게 된다. 주부 탈선은 이런 과정을 거쳐 일어나게 되는 가장 좋지 않은 결과물이다. 이 과정에서 자신의 능력을 기르기 위해 노력하는 사람도 있겠지만 자포자기하는 사람이 더 많은 것이 엄연한 현실이다.

사회적으로 우리나라는 결혼한 여성들이 일을 할 수 있는 여건을 갖추고 있지 않다. 아직도 어떤 회사에서는 임신을 하면 회사를 그만둘 것을 강요한다. 2001년 90일로 늘어났던 출산휴가 기간은 여전히 제자리에 있으며 이마저 잘 지키지 않는 회사들도 있다. 아이를 낳은 후에는 탁아 시설 등이 제대로 되어 있지 않아 많은 여성들이 직장에 다니길 포기하고 만다. 육아에 대한 부담이 너무 크기 때문이다.

이런 사회 분위기가 훌륭한 능력을 갖춘 여성 인력을 가정에 가두고 있어 경력이 단절된 여성이 늘어나고 있는 것이다. 어떤 여성들은 자위하는 심정으로 집에서 아이를 훌륭하게 기르는 것이 돈을 버는 것이라고 말하기도 한다. 그러면서 일하는 여성을 백안시하기도 한다. 또 어떤 여성들은 남편을 성공시키는 것이 결혼한 여성의 최고 미덕인 양 이야기하기도 한다.

그러나 아이를 잘 기르기 위해 남편을 성공시키기 위해 희생한 여성 자신의 인생은 무엇인가. 많은 여성들이 상대적 박탈감으로 인한 소외감과 고독감으로 힘들어하고 있다. 새들이 자라면 둥지를 떠나듯 자식도 마찬가지다. 또한 남편의 성공에서 여성 자신의 성공이라는 일체감을 찾기는 어렵다.

나는 집에서만 지내는 고학력 여성들이 우울증과 같은 신경성 질환이나 갱년기 질환을 호소하는 경우를 접한다. 그 원인은 자기 존엄성 상실에 있다.

나는 여성들에게 제안한다. 아줌마를 벗어나 자기 일을 찾으라고. 그리고 자기 자신을 찾으라고 말이다. 일은 곧 인생이다. 일을 한다는 것은 살아 움직이는 증거다. 일을 한 대가로 돈과 명예뿐만 아니라 사랑과 봉사로 건강하고 풍요로운 인생을 누릴 수 있다. 아이들 교육 문제도 해결된다. 나는 엄마가 사회를 경험하고 일을 함으로써 자신의 능력을 개발하면 그 속에서 아이들을 훌륭한 인재로 키울 수 있는 방법을 터득하게 된다고 확신한다. 왜냐하면 아이들은 부모가 노력하는 모습을 보고 바르게 성장할 수 있기 때문이다. 일을 하면서 발전하는 엄마는 그만큼 아이를 더 잘 키울 수 있는 것이다.

나는 잠자고 있는 여성의 능력을 일깨워 주는 사회 풍토가 조성돼야 잘사는 사회가 된다고 생각한다. 그들을 인격과 능력을 갖춘 인재로 양성해 각자 처한 곳에서 훌륭한 리더가 되게 이끌어 주는 것이 기업의 또 다른 몫인 것이다.

우리나라 여성어머니이 리더로 그리고 전문가로 바뀔 때 우리 경제는 선진국에 비견할 정도로 성장할 수 있다고 생각한다. 그것은 문화에도 영향을 끼친다. 이러한 문화가 긍정적으로 바뀌면 우리나라는 달라질 수 있는 것이다. 어머니들이 리더가 되어 여성들의 가치가 높아지면 저절로 가정은 회복될 수 있다. 나는 이러한 목표를 가지고 학력과 나이에 상관없이 누구에게나 "당신도 교육을 통해 전문가가 될 수 있다"라고 매일 부르짖는다.

문턱이 없는 사장실

인성내추럴을 운영하던 당시 어느 기업체 사장이 우리 회사를 방문한 적이 있다. 그는 사업 자금이 달려 나에게 자금을 융통해 달라는 부탁을 하려고 온 사람이었다. 그런데 그는 우리 회사 직원에게 자신이 누구라고 소개하지도 않고 뜨악한 얼굴로 서성거리고 있었다.

마침 나를 보고 내 방으로 들어온 그는 얼굴에 거만한 표정을 짓고 있었다. 아마 내 집무실을 보고 얕보는 마음이 생긴 것 같았다. 그도 그럴 것이 내 방은 일반적으로 생각하는 사장실하고는 거리가 멀었다. 육중하고 값비싸 보이는 오크 책상이 있는 것도 아니고 붉은 카펫으로 고급스런 분위기를 연출한 것이 아닌, 일반 사원들이 쓰는 책상과 회의용 책상과 의자 몇 개가 전부인 아주 단출한 방이다. 비록 자기가 사업 자금을 융통하기 위해 왔지만 내가 별 볼 일 없는 것처럼 느껴졌던 모양이다. 그의 마음이 느껴지니 솔직히 자금을 융통해 주고 싶은 생각이 없어졌다. 나는 다음 기회에 오라고 하고 그를 돌려보냈다.

우리나라 기업체 사장 중에는 잘못된 권위 의식과 허례허식에 사로잡혀 있는 사람들이 많다. 내가 잘 알고 있는 한 중견 기업체 사장 이야기는 대표적인 예다. 아버지 덕분에 별 어려움 없이 성장한 그는 아버지로부터 물려받은 사업체를 경영하고 있었다. 아버지가 일군 회사는 은행 빚 하나 없는 건전한 기업체였다. 아버지는 구두쇠라고 소문이 날 만큼 알뜰히 기업을 운영해 온 사람이었다.

하지만 그런 기업을 고스란히 물려받은 사장은 아버지와는 달랐다. 아버지의 사업 스타일을 본받아 구두쇠 노릇을 하느라고 했지만 구두쇠 노릇을 한다고 해서 다 같은 것은 아니었다. 아껴야 할 때와 아끼지 말아야 할 때를 구분 못 한 것이다. 기업 이익이 늘어나도 사원들 임금은 한 푼도 올려 주지 않고, 심지어는 제날짜에 맞춰 주지도 않았다. 복지는 아버지가 운영할 때보다 더 나빠졌다. 지방에 있는 공장 직원들이 사장의 이런 태도에 분노해 파업을 하고 서울 본사에 와서 날마다 시위를 했다.

그러나 사장은 아랑곳하지 않았다. 회사 정문 앞에서 공장노동자들이 시위를 하고 있을 때 사장은 몇 천만 원을 들여 사장실 내부 공사를 했다. 직원들의 분노는 극에 달했고 파업은 장기화되었다. 그 일로 회사 매출은 급감했고 그 사람은 아버지로부터 물려받은 흑자 회사를 적자 회사로 만들어 놓고 말았다.

물론 사장실이 꾀죄죄한 것보다 번듯한 것이 더 좋을 것이다. 그러나 회사 사정이야 어떻든 사장실만 그럴듯하게 꾸며 놓은 것은 올바른 경영자의 태도가 아니다. 사무실이 번듯해야 비로소 사장다워지는 것이 아니기 때문이다. 높은 자리에 있을수록 오히려 자신을 낮추는 자세가 필요하다.

내 방을 비롯해 우리 회사 임원실에는 문턱이 없었다. 사원과 동등한 입장에서 일을 하기 위해서였다. 사장실 문은 언제나 열려 있고 회사를 방문한 소비자를 상담할 때 사원들은 사장실이나 상무실을 이용했다. 소비자들과의 상담에 익숙지 않은 사람들은 사장이나 상무, 이사 등 임원들이 함께 상담을 했다.

직원들은 사장실에 대해 거부감이 없어야 한다. 사장실이 회의실이고 상담실인 셈이다. 사원들이 사장실에 스스럼없이 들어와 개인적인 문제에서부터 사업 문제까지 전부 이야기할 수 있어야 한다. 직원과 사장이 하나 되어 보다 나은 모습으로 변해 가는 것이 내가 지향하는 기업이다.

이런 내 마음을 아는지 직원들은 내게 사랑한다, 존경한다는 말을 수시로 했다. 나보다 나이가 훨씬 많은 사원들이 그런 말을 할 때면 쑥스럽기도 하지만 그들의 진정한 마음을 알기에 무척 기뻤다. 또 어떤 사원은 신문지에 오징어를 싸서 내 책상에 갖다 놓기도 하고 어떤 사원은 속옷을 내 책상에 갖다 놓기도 했다. 비록 사소한 일 같지만 이런 일들로 인해 사원들이 사장을 사랑하는 마음과 사장이 그들을 사랑하는 마음이 일체가 되는 것이다.

우리 집도 마찬가지다. 인성내추럴은 리더를 키우는 회사이기 때문에 교육 장소가 필요했다. 나는 우리 집을 지방에서 연수를 위해 올라오는 임원들에게 개방했다. 지방에서 올라오는 사원들의 대부분이 여성인 까닭에 가족들이 걱정을 하게 된다. 그래서 호텔 등 일반 숙박업소를 이용하는 것보다 우리 집에서 기거하는 것이 훨씬 안전할 것 같다는 생각이 들어 개방하게 된 것이다.

어떤 직원은 별로 넓지 않은 아파트에 단출한 가구 몇 개가 전부인 살림살이를 보고 놀라기도 했다.

"사장님 댁이라 널찍한 잔디밭에 연못도 있고 정원도 있는 줄 알았더니 우리랑 다를 게 없네요."

200여 명의 직원을 거느린 회사의 사장 집치고 너무 소박한 것이 아니냐는 말들도 오갔다. 어떤 사람들은 사장에 대한 고정관념이 깨졌다고도 했다.

나는 갑부가 아니다. 회사를 설립해 운영을 했을 뿐이다. 기업을 통해 번 돈은 R&D를 위해 다시 쓰는 것이 내 기본 임무였다. 그 밖의 것은 탐내지도 않고 탐낼 이유도 없었다. 아버지께서는 사람이 경제활동을 하는 이유에는 두 가지가 있다고 하셨다. 하나는 돈을 벌어 자신의 개인적인 부를 축적하기 위해서이고 또 다른 하나는 돈을 선한 곳에 쓰기 위해 한다고 하셨다. 나는 후자다. 기업을 위해 최선을 다하고 기업 이익을 공평하고 합당한 곳에 쓴다면 나는 진정으로 존경받는 기업인이 될 것이라고 믿었다.

변화하는 모습을
보는 즐거움

인성내추럴을 방문하는 사람들은 하나같이 이렇게 말하곤 했다.

"손 사장, 손 사장은 사원을 미모순으로 뽑아요? 다들 왜 이렇게 예뻐요. 회사가 훤하네."

이런 소리를 들을 때마다 나는 가슴이 뿌듯했다. 20대에서 60대까지, 직원들은 연령대가 다양했지만 모두 아름다웠다. 자신 있고, 당당하고, 지적이다. 얼굴에는 늘 아름다운 미소가 흘렀다. 그들은 정직하고 진실하게 일하는 즐거움을 알고 있었다.

이런 분위기 때문인지 회사에 갓 입사한 사람들도 얼마 지나지 않으면 완전히 다른 모습으로 바뀌었다.

사실 우리 회사에 들어오는 사람들 중에는 다른 여러 가지 일을 하다 실패한 사람들도 적지 않았다. 그들은 직장 생활에서 개인 사업, 조그만 장사까지 안 해본 것 없이 해 보다 우리 회사의 소식을 듣고 입사한 사람들이다. 다른 회사에서 판매 사원으로 일해 본 사람들이 뜻대로 안 되니까 우리 회사를 선택한 경우도 있었다.

그들은 대부분 기술 습득을 위한 훈련을 받으려 하지 않으려고 쉽게 돈 버는 데만 관심을 두고 "한번 해 보지 뭐."하는 심정으로 오지만 얼마 지나지 않아 우리 회사가 일반 방문판매 회사와는 다르다는 것을 깨달았다.

인성내추럴은 건강 전문 회사이면서 리더 양성 회사다. 일반 회사의 경우 연간 사업 계획이 매출 중심이라면 인성내추럴은 '얼마나 많은 리더를 양성할 수 있는가.', '얼마나 능력이 있는 상담사로 성장시키는가' 하는 것이 중심이다. 우리 시스템은 사원들을 인격과 능력을 갖춘 리더로 만드는 데 더 큰 비중을 두고 있는 것이다. 판매고를 올리는 것이 둘째 문제다.

인성내추럴의 또 다른 특징은 매일 기도를 드린다는 것이다. 사실 아침 8시부터 9시까지는 일반 기업에서는 가장 소중한 시간이다. 특히 판매회사에서는 소비자들에게 전화 상담을 하는 등 가장 왕성히 영업 활동을 하는 시간이다. 그럼에도 불구하고 그 시간대에 기도 모임을 갖고 예배를 드린다. 가장 소중한 시간을 하나님께 드리는 것이다. 매일 드리는 기도와 예배를 통해서 스스로 훈련이 되고 고객을 대하기 전 기도하면서 업무를 준비하는 것이다.

그 후 이어지는 오전 교육에서는 건강한 식생활과 운동에 대한 상담 방법 그리고 리더의 자세에 대한 교육을 한다. 이런 가운데서도 꾸준히 매출이 오르는 것은 교육 훈련이 가져온 성과가 아닌가 한다.

건강 전문 회사이다 보니 사원들이 만나는 고객은 대부분 육체적, 정신적으로 어려운 사람들이다. 정신과 육체가 바로 서고, 긍정적인 사고를 가진 사람만이 그들에게 비전과 용기를 줄 수 있다. 그런 상담사리더들을 통해 많은 고객에게 병을 예방하고 건강을 회복할 수 있는 것에 대한 희망을 주는 것을 목표로 해 왔다.

나는 먼저 자기 자신을 알고 자신의 인성을 파악하는 등 자기 수련의 과정을 거쳐야 상대를 제대로 파악할 수 있다고 믿는다. 그렇지 않으면 상담사는 상대를 이해하기도 전에 스스로 상처 받고 쉽게 포기하게 된다. 리더로서의 소양을 갖춘 사람들은 쉽게 포기하지 않는다. 그만큼 자신이 가지게 된 전문성과 상담 기술은 자신이 평생 일을 할 수 있게 해 주는 자신만의 노하우이기 때문이다.

상담사들은 인성 교육, 마케팅 관리, 시스템 관리, 행정관리, 영양학, 상담 심리 등의 교육을 통해 자신도 모르게 리더로 성장해 가고 있는 것이다. 사원들의 성장은 바로 회사의 발전을 의미한다. 지속적인 인성 교육, 훈련을 통해 많은 리더가 양성되면 기업이 발전하고 나라가 발전한다. 여성이 변화하면 가정의 아이들이 건강하게 성장할 수 있다. 이는 대한민국을 좋은 나라로 만들 수 있게 하는 원동력이다. 좋은 대한민국을 다음 세대에 유산으로 남기는 것이 지금의 어른들이 할 일이다. 쉬운 일은 아니다. 희생과 끈기 없이는 안 된다.

개미들은 페로몬이라는 호르몬을 통해 의사소통을 한다고 한다. 한 개미가 기분이 나쁘면 개미 집단 전체에 나쁜 기분이 전달되고, 한 개미가 기분이 좋으면 다른 개미들에게도 좋은 기분이 전달된다는 것이다. 리더 한 사람의 행동으로 나타나는 효과는 페로몬 효과와 같다. 그만큼 리더의 몫이 중요하다.

인성내추럴 직원들은 교육을 통해 실패자에서 성공자로, 보통 사람에서 리더로 다시 태어났다. 그렇게 직원 개개인이 전문성을 갖추는 과정에서 스스로 성장과 발전을 도모하여 전문가로 거듭났다. 더 나아가 회사와 직원의 이익만이 아닌, 고객과 사회 구성원 모두가 행복하게 살 수 있는 세상을 만들어야 한다는 사명으로 늘 하루를 맞이할 수 있었다.

바보 경영자

하나의 상품을 개발해 시장에 내놓기까지는 엄청난 시간과 예산이 소요된다. 정성으로 7~8년 동안 개발하고 3~4년 동안 임상 시험을 해서 상품을 개발해 놓아도 시장에서 성공하리라는 보장은 아무도 할 수 없다. 그렇다고 기업의 입장에서 상품을 개발하지 않을 수도 없다.

그 때문에 기업에서는 하나의 상품을 개발하기까지 수백 가지의 사전 조사 과정을 거친다. 제품 원가에서부터 단가, 시장가격, 소비자의 욕구까지 모든 것을 조사한 뒤 제품을 생산한다.

어떤 제품이든지 생산의 기본 조건은 판매했을 때 수익이 나야 한다는 것이다. 일단 수익성이 판명되면 아무리 과정이 복잡하다 하더라도 생산을 하게 된다. 수익성이 없으면 사실상 제품 생산은 불가능하다. 소비자들에게 꼭 필요한 제품일지라도 마찬가지다. 기업의 본

질은 영리를 추구하는 것이기 때문이다. 이는 기업 경영의 원칙이기도 하다.

그러나 아버지는 그 원칙에 맞지 않는 일을 할 때가 종종 있다. 계산을 하지 않고 비용을 따지지 않았다. 정말 좋은 상품이고 고객에게 꼭 필요한 상품이면 원가를 고려하지 않고 제품을 개발하는 것이다.

"원가가 비싼 만큼 많이 받으면 되는 것 아닌가?" 하고 반문하는 사람도 있을 것이다. 그러나 현실은 그렇지 않다. 건강 기능성 식품을 팔면서 다이아몬드 같은 보석 값을 받을 수 없듯이 제품 특성에 맞는 적당한 가격이 있기 마련이다. 가령 비누 한 장의 가격은 아무리 비싸도 만 원을 넘을 수 없다. 그래서 고객들이 필요로 하는 제품을 기업에서는 단가 문제로 개발도 못 하게 될 때가 있다.

기업을 경영하는 사람은 이익이 안 나면 당연히 제품 생산을 중단할 것이다. 하지만 나는 고객의 건강을 위해 꼭 필요한 제품은 꼭 만들어야 한다는 생각으로 비용이나 이익 계산을 하지 않고 생산했다. 이 때문에 종종 "바보 같은 경영자다."라는 이야기를 듣기도 했다.

우리 회사에서 다이어트 식품이 나온 적이 있다. 순수한 자연식품으로 한방 기능을 강화한 까닭에 원가가 많이 들었다. 소비자가격을 책정할 때 회사 내에서 약간의 의견 차가 있었다. 우리 회사 제품은 보통 개발 과정이 7~8년이 걸리고 임상 시험 기간도 3~4년이 필요하므로 상당한 시간과 인건비 등으로 많은 비용이 든다.

또한 원료에 따라서도 원가가 달라진다. 원료 이름만 같으면 질에 관계없이 효능이 같은 줄 알지만 그건 오해다. 또 다른 변수는 배합 기술에 따라서 제품의 질이 달라진다는 점이다. 그 효과는 실제로 제품을 드시는 고객을 통해서 정확하게 입증된다.

최고의 원료로 만든 최고의 상품이라 자부하는데 일반 원료로 만든 제품들과 가격대가 비슷하게 책정되자 실무진들이 반대 의사를 표시했다. 팔면 팔수록 손해이므로 제품 생산을 중단하는 게 낫다는 말도 나왔다. 하지만 내 생각은 달랐다. 기업을 경영하면서 항상 이익을 볼 수는 없다. 손해 보는 것이 있으면 이익을 보는 것 또한 있게 되기 마련이다.

항상 이익만 보려고 한다면 영악한 장사꾼이지 기업인은 아닌 것이다. 제품을 만들어 많은 이익을 내는 것이 기업의 목표이지만 좋은 제품을 만들어 많은 고객에게 혜택을 주는 것도 기업의 중요한 역할 가운데 하나라고 생각한다. 그것은 오너의 이념에서 비롯되는 것으로 큰 보람을 느끼게 해 준다.

인성내추럴의 상품은 인체 중심의 상품이라 원료가 유행한다고 해서 유행을 따라 개발하지 않는다. 오장육부를 건강하게 해 주어 우리 몸이 병에 걸렸을 때 회복하기 쉽도록 만들어 준다.

그래서 나를 보고 주변에서는 바보처럼 경영한다고 이야기하곤 했다. 그러나 이는 내 나름의 '바보 경영 철학'이다. '바보 경영 철학'은 일본에서 마케팅 공부를 할 때 배우고 익힌 순수하고 진실하게, 앞뒤 가리지 않고, 계산을 하지 않는, 사원과 소비자를 사랑하는 경영 철학이다.

나는 바보 경영 철학이 내가 추구하는 이념과 일맥상통해 회사 경영에 도입했다. 다른 회사에서 원가와 인건비를 절감하여 회사 이익을 창출하는 것에 역점을 둔다면 나는 고객과 회사 직원들에게 역점을 두고 최고의 인건비, 최고의 원료, 그 어떤 회사보다 많은 교육 비용을 투자했다. 고객이 곧 나이고, 직원이 곧 나이기 때문이다. 이는 오직 바보만이 할 수 있는 경영이다. 나는 내가 피곤하고 힘들어도 모두에게 이익을 주는 바보 경영을 결코 그만두지 않았다. 다른 경영자들은 느낄 수 없는 엄청난 보람을 느끼고 경영한다는 자부심이 나를 지탱해 주기 때문이었다.

인성 식품을 복용하고 건강해진 분들이 전하는 감사 전화와 편지는 나에게 큰 감동이었다. 제품을 복용하고 건강해져 가정이 회복되었다는 이야기를 들었을 때 이는 주님이 기뻐하는 일들이라고 생각한다. 주님께서 기뻐하실 것을 생각하면 기쁘다. 그렇게 해서 얻게 된 수익금은 교회 건축이나 구제 사업, 봉사 활동에 쓰이고 상품을 개발하는 데 재투자한다. 결국엔 많은 이들에게 유익하기 때문에 나는 큰 보람을 느낀다.

전문가들끼리
뭉쳐야 산다

1897년 이탈리아 경제학자 빌프레도 파레토는 80/20 법칙을 발견했다. 원인과 결과, 투입량과 산출량, 노력과 성과 사이에 일정한 불균형이 존재하는데 20%의 원인이 80%의 결과를 도출하고 투입량의 20%가 산출량의 80%를 만들어 내며, 전체 노력의 20%에서 전체 성과의 80%가 만들어진다는 법칙이다. 즉 적은 비율의 원인, 투입량, 노력이 큰 비율의 결과로 나타나는 것을 의미한다.

80/20 법칙은 인간들의 삶 여러 분야에서 나타나고 있다. 지구촌에서 부의 80%는 20%의 부자가 소유하고 있고 나머지는 실업 상태나 불완전한 고용 상태에 있는 사람들로 열악한 환경에서 살아가고 있다. 또한 대부분의 기업에서 20%의 제품이 이익의 80%를 내고 백화점의 하루 매상 중 80%는 그 백화점의 단골인 20%의 손님이 올리고 20%의 능력 있는 조직원이 80%의 일을 하고 있으며,

투입한 업무 시간의 20%가 전체 가치의 80%를 만들어 낸다.

범죄의 80%는 상습적인 범죄자 20%가 저지르며 전체 운전자의 20%가 교통사고의 80%를 일으킨다. 하루 종일 걸려 오는 전화 중의 80%는 전화를 자주하는 친근한 20%가 하는 것이며, 교수가 한 시간 동안 전달하는 지식의 80%를 이해하는 학생은 불과 20%밖에 되지 않는다.

숫자상으로 완벽하게 80%와 20%로 맞아떨어지지는 않지만 거의 비슷한 비율을 보이면서 어느 시대, 어느 국가를 막론하고 나타나고 있는 현상들이다.

이러한 80/20 법칙은 전문가 시대에는 더욱 극명하게 선이 그어진다. 사회를 이끌어 나가는 20%에게는 그들 자신이 먼저 나서지 않아도 그들을 위한 자리가 마련되어 있을 것이다. 하지만 그렇지 못한 80%는 자신을 위한 공간을 찾아야 하는데 그게 쉽지만은 않다. 이들을 위한 자리를 어느 정도는 사회가 수용할 수밖에 없다. 그리고 정신적인 측면에서 사회의 제반 문화를 창출해 내는 것은 지식과 창의로 무장한 20%의 사람들이라는 통계 수치도 나와 있다. 나머지 80%는 그들이 창출한 기반 아래 생활을 이끌어 나가는 것이다리처드 코치 『80/20 법칙』.

내가 20%에 속하는지 80%에 속하는지 한번쯤 생각해 볼 필요가 있다. 핵심적인 소수가 될 것인가 보통의 다수가 될 것인가는 단순히 본인이 선택할 문제가 아니지만 어떻게 하느냐에 따라 달라질 수 있다.

그렇다면 핵심 소수인 20에 속하기 위해서는 어떻게 해야 하는 가. 21세기는 능력 있는 사람만이 살아남는 IT융합 시대다. 많은 정보를 소유한 사람이 당연히 앞서 나갈 수밖에 없다. 인터넷이 확산되기 시작할 무렵, 한 언론사에서는 인터넷 생존 게임을 벌였다. 각계각층에 있는 일곱 명을 아무것도 없는 방에 빈손으로 들어가게 하고 인터넷을 통해 생존 방법을 찾게 한 것이다. 생존 게임에 참가한 사람들에게는 오로지 인터넷을 통해서만 먹을 것을 구입하고 옷을 사서 입는 것이 가능하도록 했다. 사람들은 모두 같은 시간에 방으로 들어갔지만 의식주를 해결하는 데에는 시간 차이가 많이 났다. 그 게임을 통해 얼마나 많은 정보를 소유하고 있는가 하는 것이 현대판 정글의 법칙에서 살아남는 첩경임을 알 수 있었다.

　과거에는 아이큐 높은 사람이 경쟁력이 높았다면 현재는 개인의 아이큐가 높은 것 가지고는 살아남기 힘들다. 컴퓨터는 아이큐가 2000이 넘는다. 인간의 아이큐는 상대가 되지 않는다. 이런 시대에는 능력 있는 사람들이 모여 무엇인가를 함께 만들어 나가야 한다. 시간이 모든 것의 관건이 되어버린 요즘, 아마추어들이 모여서는 결코 성공할 수 없다. 전문가들끼리 뭉쳐 시간 경쟁에서 이겨야 모든 경쟁에서 이길 수 있는 것이다. 여러 사람이 능력을 모아 핵심적인 소수가 되는 것, 이것이 바로 기업 경영의 키포인트다.

　아무리 정보화, 자동화, 기계화 시대라고 해도 사람끼리 뭉치다 보면 인간이 원하는 것은 바로 사랑이다. 사회가 기계화되고 정보화될수록 인간은 사랑을 원하고 그 토대 위에서 인간의 존엄성을 찾고, 사람과 사람이 서로 소통하는 인간관계가 형성되기를 원한다.

기업을 하면서 나는 한 사람 한 사람의 존재 가치를 무엇보다 중요하게 여겼다. 아무리 정보화 시대가 온다고 해도 말이다.

전문가가 뭉쳐서 같이 일을 할 때 고객도 행복을 느끼게 되고 기업도 실패하지 않을 것이다. 그것은 우리 모두가 20%에 속하는 인생을 만드는 일이기도 하다.

천천히,
그러나 멀리

가끔 경영자 모임에 나가면 함께한 대표들이 이런 말을 건넸다.

"요즘 모두 힘들다고들 하는데 손 사장 회사는 잘나가나 봅니다. 항상 즐거운 모습이니 말이에요."

사실 당시 울상을 짓지 않는 경영자를 찾아보기 힘들었다. 국가 신인도 추락, 인건비 상승, 계속되는 파업, 금융시장 불안에 따른 자금 사정 악화 등이 기업 환경을 어렵게 하고 있기 때문이었다. 그 때문에 항상 기쁘게 의욕적으로 다니는 내 모습을 보고 인성은 회사가 아주 잘되나 보다라는 생각을 하는 것 같았다.

그러나 내가 즐겁고 신나게 일을 하는 것은 반드시 일이 잘되어서 만은 아니었다. 모든 기업이 어려운데 우리 기업이라고 힘들지 않았겠는가. 그래도 즐거운 마음으로 일을 할 수 있는 것은 기업 경영의 목표때문이었다. 이익도 중요하지만 고객이 인성 상품을 통해 건강해지면서 악화되었던 가족 관계가 회복되는 것을 보거나 그와 관련된 이야기를 듣는 것이 내 힘의 원천이었다.

이상하게 들릴지 모르지만 나는 스스로 매출 계획을 세우지 않았다. 회사 간부들이 작성하는 것이 곧 나의 매출 계획이다. 나는 회사 간부들이 자신의 능력에 합당한 매출을 올릴 수 있도록 교육시키고 훈련시켰다. 왜 이만큼의 매출을 올리지 못했는가를 추궁하지 않고 교육과 훈련을 통해 매출을 올릴 수 있도록 도와주는 것이다.

아울러 즐겁고 재미있게 일할 수 있는 환경을 조성해 주고 비전을 제시해 주고 올바르게 일을 할 수 있는 방법을 가르쳐 줬다. 그리고 제대로 하고 있는지 확인해 주고 목표를 설정해 줬다. 그것이 내 몫이다.

직원들의 계획이 마이너스가 날 경우는 많지 않다. 또 설사 직원들이 계획대로 하지 못해 마이너스가 났더라도 나는 별로 개의치 않았다. 원인을 분석해 다시 계획을 세워 나가면 되기 때문이다.

인성내추럴은 최고의 서비스에 승부를 걸었다. 나는 고객은 물론이고 사원들에게 최고의 서비스를 제공해 줄 계획을 세웠다. 그것은 바로 교육 훈련 서비스를 제공해 사원들을 인재로 성장시키는 것이었다. 그들의 능력을 인정해 주고 숨은 재능을 찾아 주는, 전문인 훈련과 인성 교육을 통해 진실한 자기 변화를 일으키게 하는 것이었다.

달랑 물건만 파는 것이 아니라 소비자들과 함께 대화하고, 느끼고, 심지어는 같이 기뻐서 울고 우는 공감대를 형성할 문화와 전문성을 개발시켰다. 이는 남들과는 다른 서비스다. 그렇기에 한국에서 소기업이 31년이라는 짧지 않은 시간을 지속해 올 수 있었던 것이다.

우리 아버지의 목표는 고객이 우리 상품을 드신 후 효과를 보고 건강할 수 있게 되어 삶의 질이 높아지는 것이었다. 그랬기에 상품개발에 박차를 가할 수 있었던 것이다.

우리나라에 있는 기업 중에는 부동산에 돈을 투자하여 성장한 기업도 많다. 하지만 우리는 이러한 부동산 투자를 하지 않고 오로지 효능이 있는 상품을 개발하고 교육을 하는 데 투자한다.

좀 어렵고 힘들어도 여기에는 보람을 찾는 것이 나의 즐거움이다. 『논어』에 '원려遠慮'라는 말이 나온다. '사람이 멀리 생각하는 바가 없으면 반드시 가까이에 근심이 있다.'는 뜻이다. 장기적인 안목을 가지고 목표를 향해 꾸준히 나아가면 근심할 것도 걱정할 것도 없다. 때로는 실패도 하고 어려움도 겪게 되지만 그 과정에서 잘못된 것은 바로잡아 목표를 향해 나아가면 되는 것이다.

능력 있는
인재만이 살아남는다

1998년 IMF 직후 삼성경제연구소에서 「IMF 국내 파장 10가지 진단」을 발표한 적이 있다. 내용은 다음과 같다.

"저성장 고물가 시대에 접어들어 전형적인 스태그플레이션 현상이 나타나고 앞으로 5년간 평균 경제 성장률은 4% 안팎에 그칠 것이다. 이에 따라 올해 100만 명 이상의 실업자가 추가로 양산돼 실업자 수는 150만~200만 명 수준에 이르고, 가족을 포함해 400만 ~600만 명이 실업 대란의 영향권에 들어갈 것이다. 구조조정으로 30대 그룹은 물론 4대 그룹의 순위까지도 바뀌는 등 재계 판도에 일대 변혁이 일어나고 수출 제일주의가 되살아난다."

그 당시 생활은 80년대 후반 수준으로 후퇴하고 급여 생활자, 소규모 자영업자, 실직자를 중심으로 소비자 파산이 증가하고 있었다.

이런 상황에서 기업이나 개인이 살아남을 수 있는 방법은 무엇인가. 삼성경제연구소는 '선 실력 시대 도래'로 능력이 있는 강한 사람만이 생존하는 시대가 되고 이에 따라 '프로'가 대접 받는 체제로 사회의 틀이 바뀌어 간다고 진단했다.

IMF 외환위기 이후 20년 가까이 시간이 흘렀지만 상황은 별반 다르지 않다. 이제 능력 있는 사람만이 생존한다는 것은 정글의 법칙에 있어 제1의 원칙이다. 양육강식의 생존법, 즉 정글의 법칙은 어려울 때 더욱 냉혹해진다.

어떤 리더가 경제 전쟁에서 살아남을 수 있을까. 인격과 능력을 겸비한 리더다. 이러한 리더는 그냥 되는 것이 아니다. 노력 없이는 되지 않는다. 인성내추럴에서는 사원의 80%가 상담 관리직에 종사한다. 상담 관리 사원은 특히 프로 정신을 갖추고 있지 않으면 안 된다. 또한 인격도 갖추고 있어야 한다.

우리나라 사람들은 영업이나 판매 분야에 상당한 고정관념을 가지고 있다. 영업과 판매는 별다른 전문기술이나 능력이 필요 없는 일로 누구나 할 수 있다고 생각한다. 아직도 사무실에 앉아 업무를 보는 일에 더 큰 가치를 둔다. 이는 아마도 사농공상土農工商이라는 뿌리 깊은 계급의식에서 비롯된 오해와 편견일 것이다.

이런 고정관념 때문에 실업자가 엄청나게 많아도 영업이나 판매 분야에서는 일할 사람들이 없어 어려움을 겪는다. 이른바 3D 업종으로 생각하는 것이다. 보다 손쉽고 편하게 돈을 벌고 싶어 하는 욕구가 한쪽에서는 구직난을, 또 다른 한쪽에서는 구인난을 겪는 불균형을 가져온 것이다. 앞으로 서비스 산업을 개발하고 서비스 산업이 우리에게 얼마나 소중한 일자리를 창출하는지 알도록 하는 문화를 형성하는 것이 중요하다.

사실 기업 활동에 있어 서비스판매, 영업, 유통, 마케팅 분야는 없어서는 안 될 중요한 부분이다. 즉 기업의 동맥인 것이다. 마케팅이 원활하게 이루어지지 않으면 기업은 동맥경화증에 걸리게 된다. 몇 년간 엄청난 돈을 들여 상품 개발을 해 놓아도 마케팅이 잘못되면 하루아침에 무너진다.

한 통신 업체에서 10여 년간 근무한 컴퓨터 엔지니어가 있었다. 그는 프로그램을 개발하고 응용하는 일에는 누구에게도 뒤지지 않는 기술을 가지고 있었다. 아이디어도 많았다. 그는 자신의 기술을 믿고 독립해서 따로 사업을 해보고자 했다. e-book 제작 프로그램을 시장에 내놓으면 크게 성공할 것 같았던 것이다.

회사를 그만두고 e-book 시장에 뛰어든 그는 제품 개발에는 성공했지만 사업을 성장시키는 것에서는 실패했다. 아이디어나 기술적인 노하우로 볼 때는 충분히 가능성 있는 사업이었지만 서비스 분야에 대한 준비가 전혀 없었던 것이다.

잘될 때일수록
철저한 자기 점검을

회사는 참모 수준만큼 큰다는 말이 있다. 아무리 회사의 시스템이 잘 갖추어져 있다 하더라도 참모들과 오너의 생각 차이는 회사를 성장시키는 데 어려움을 겪게 만든다.

우리 회사의 시스템을 잘 이해하지 못하는 임원이 있었다. 아니, 이해를 하지 못했다기보다는 받아들일 준비가 되어 있지 않았다.

그 임원은 자기의 성공에만 관심이 있었다. 조직 관리나 리더 교육에는 전혀 관심이 없었다. 그의 성공 목표는 돈을 버는 것이었다. 이 때문에 우리의 시스템을 자신의 성공 개념에 맞추자니 잘 맞지 않았다.

우리의 목적은 고객의 건강을 회복시키는 것이다. 마케팅의 가장 기본이 되는 기술은 진실이다. 진실의 힘은 놀라운 결과를 가져다준다.

친구를 사귈 때 그 친구가 나에게 도움이 되는지를 따지는 사람이 있고, 친구에게 자신이 어떤 도움이 될지를 생각하는 사람이 있다.

비즈니스를 하는 사람들은 흔히 자신에게 도움이 되는 사람을 만난다. 이는 내 필요에 의해 상대방을 활용하는 것이나 다름없다. 이런 만남은 결코 진실할 수 없다.

나는 상대방이 나를 위해 무엇을 해 줄지를 기대하기보다는 자신이 먼저 상대방에게 무슨 도움이 될지 생각하라고 말하고 싶다. 그러면 상대방이 무엇을 필요로 하는지 진심으로 살피게 되고 그 진심은 금방 상대에게 전달된다. 진심으로 맺어진 관계는 오래 지속된다.

일이 잘 안 될 때는 먼저 자신부터 점검해 보아야 한다. 무엇이 문제인지, 어디서부터 잘못되었는지 점검을 하고 다시 시작해야 한다. 남의 탓만 하고 자신을 돌아보지 않으면 발전할 수 없다. 환경이 바뀌어도 자신의 문제를 계속 안고 있기 때문에 결코 달라지지 않는다. 사람들이 똑같은 실수를 반복하는 것은 바로 이 때문이다.

진정한 리더가 되기 위해서는 자기 점검이 필요하다. 모든 문제는 자신으로부터 비롯된다는 것을 깨달아야 한다. 환경이 바뀌어도 자기중심으로 사물을 판단하기 때문에 항상 시행착오가 있기 마련이다.

한 집단의 지도자는 자신뿐만 아니라 다른 사람 또한 보다 더 발전할 수 있도록 해 주어야 한다. 같은 일을 하더라도 좋은 성과를 낼 수 있게 해 주어야 한다. 그러자면 지도자는 수시로 자기 점검을 해야 한다.

사실 실패했을 때 자기 점검을 하는 것은 너무나 당연한 일이다. 중요한 것은 일이 잘될 때도 항상 경계를 늦추지 말아야 한다는 것이다. 나는 잘될 때일수록 더 긴장하고, 더 열심히, 더 섬세하게 일을 한다.

안 될 때는 열심히 하지만 잘될 때는 자칫 교만해지기 쉽다. 교만해지면 자기 자신의 문제를 찾아내지 못한다. 원래 큰일은 작은 일에서 비롯되는 법이다. 아주 작은 구멍이 큰 둑을 무너져 내리게 하듯이, 보이지 않는 작은 문제가 언젠가는 큰 문제로 나타나는 것이다.

리더나 경영자는 회사가 발전할수록 창업했을 때의 마음 자세를 유지하고 있는지 거듭 자기 점검을 할 필요가 있다. 사원들도 마찬가지다. 입사할 때는 누구나 열심히 하겠다는 생각을 하지만 어느 정도 시간이 흐르면 자기도 모르게 매너리즘에 빠져 더 이상 발전을 하지 못하는 경우가 많다.

흔히 '고정관념을 깨라.'는 말을 많이 한다. 세상의 변화에 적응하려면 자신이 가지고 있는 고정관념을 버려야 한다. 많은 사람들의 발전을 저해하는 요인이 바로 자기 자신이 만들어 놓은 고정관념이기 때문이다.

고정관념을 깨는 것은 스스로 하기 힘들다. "세 살 적 버릇 여든까지 간다."는 말도 있듯이 체질화된 것은 바꾸기 힘들다. 그러므로 누군가 잘 이끌어서 변화를 할 수 있도록 도와주어야 한다. 나는 기업 경영자라면 이런 마인드를 갖추고 있어야 한다고 생각한다. 경영자가 사원들의 체질을 기업에 맞게 변화시킬 수 있을 정도로 능력을 갖추고 있을 때, 기업은 발전할 수 있는 것이다.

성공의 시작은 인간의 근본에서 이루어진다. 근본이 바로 서야 성공도 바로 할 수 있다. 나는 내가 발전하고 있다고 느낄 때, 일이 잘되고 있을 때 항상 다음과 같은 것을 점검해 본다.

1. 인간의 근본을 중시하고 있는가.
2. 자기가 하고 있는 방법들이 인간의 기본과 비즈니스의 기본 방법에서 벗어나지 않는가.
3. 교만하지 않는가.
4. 남들에게 용기와 비전을 주는 사람인가.
5. 자신은 물론 다른 사람의 능력을 개발하고 있는가.
6. 말과 행동이 일치하는가.

나는 인성내추럴이 계속 발전할 수 있다고 자부한다. 왜냐하면 고객 중심의 효능 있는 상품을 개발하는 데 주력하고 있을 뿐만 아니라 전 사원들이 항상 스스로를 점검하고 훈련하여 전문가가 되는 시스템을 갖추고 있기 때문이다.

함께 일을 해
나간다는 것

"한솥밥을 먹는다."라는 말이 있다. 아주 가까운 사이라는 뜻이다. 회사 동료를 일컬어 우리는 한솥밥을 먹는 사람이라고 표현한다. 이는 곧 공유한다는 뜻이다. 직장을 터전으로 생활을 공유하는 것이다.

21세기는 공유하는 시대다. 내가 아무리 똑똑하고 능력 있다 해도 다른 사람과 공유할 수 없으면 살아갈 수 없다. 그렇다면 공유의 시대에 리더들이 해야 할 일은 무엇인가? 많은 사람들이 어울려 일할 수 있는 터전을 만들어 주는 것이다. 훌륭한 능력을 가지고 있다 하더라도 일할 터전이 없으면 아무 소용이 없다.

베트남이 패망하고 나서 많은 국민들이 보트피플 신세가 되었던 것을 생각해 보자. 베트남은 비교적 자원이 풍부한 나라였지만 패망하는 바람에 국민들은 갈 곳이 없어 배를 타고 이 나라 저 나라를 떠돌게 되었다. IS 사태 때문에 유럽으로 밀려드는 아랍의 난민들도 마찬가지다. 아무리 잘살고 싶고, 행복하고 싶어도 터전이 없으면 그 어떤 것도 이룰 수 없다. 제1의 터전은 국가다. 나라가 없으면 국민은 아무것도 할 수 없다.

우리 윗세대들은 일제강점기 동안 나라를 잃은 아픔과 설움을 받으며 살아야 했다. 아무리 능력이 있어도 단지 조선인이라는 이유로 박해를 받고 차별을 받아야 했다. 그 아픔은 지금까지도 이어지고 있다. 역사 교과서를 왜곡하는 일본의 행태는 우리가 약소하기 때문에 행해지는 것이다. 나라가 중요한 터전이다. 우리 모두는 우리의 터전을 잘 지킬 의무가 있다.

리더는 일할 능력이 있고 의욕이 있는 사람들이 마음껏 일할 수 있는 터전을 만들어 주어야 하고, 직원들은 터전이 있을 때 비전을 가지고 부품을 아끼고 시간을 아끼는 등 단합을 하여 나아가야 한다. 또한 질 좋은 상품을 개발하고 생산하는 데 주력해야 한다.

기업이 있다는 것은 우리에게 일터가 있다는 뜻이다. 그렇기 때문에 CEO에게만 기업에 대한 책임이 있다고 생각하면 안 된다. 그렇게 될 경우 일자리는 사라지게 될 것이다. 기업 발전을 위해 CEO를 포함한 직원 모두가 한마음이 되어 한솥밥을 먹자. 이는 우리가 행복해질 수 있는 길이다.

코에 넣은
생콩이 익도록

인성내추럴의 직원들 중 대부분은 여성이다. 이 여성들은 회사에서 상담 전문 교육을 받으면서 평범한 아줌마에서 당당한 프로로 다시 태어난다.

나는 그들에게 한 가지 사실을 자주 강조했었다. 다른 것은 다 해도 결코 포기만은 하지 말라는 것이다. 포기하지만 않으면 실패에서 벗어날 수 있을 뿐만 아니라 성공할 수 있는 길이 열리기 때문이다.

"무슨 일이든 코에 넣은 생콩이 익도록 노력해라."

어릴 때 아버지가 귀에 못이 박히도록 해 주시던 말씀이다. 일을 열심히 해 몸에 열이 나고, 그 열로 코에 넣은 생콩이 익을 정도로 노력하라는 것이다.

친구들과 놀러 다니는 것을 좋아했던 나는 아버지의 말씀을 귀담아 듣지 않았었다. 하지만 사업을 하면서 그 말이 새삼스럽게 되새겨졌다.

특히 내가 실패했을 때 아버지의 말씀은 금과옥조金科玉條가 되었다. 사람의 몸에서 발생하는 열기로 생콩을 익히려면 얼마나 열심히 해야 하는가. 포기하는 것은 쉽다. 접으면 그만인 것이다. 그러나 포기하고 나면 아무것도 남는 것이 없다. 성공할 수 있을 때까지 노력할 때, 성공할 수 있는 것이다.

우리 속담에 "지성이면 감천"이라는 말이 있다. 무슨 일이든 정성을 다하면 하늘도 감동한다는 말이다. 하늘이 감동할 만큼 열심히 하면 성공할 수 있는 것 아닐까.

한 국장이 승진을 하며 전한 소감 한마디는 많은 직원들에게 좋은 본보기가 되어 주었다.

"저는 정말 아무것도 할 줄 모르는 평범한 아줌마였습니다. 그러나 사장님께서 꾸준히 교육과 훈련을 시켜주셨고 저 또한 아이를 키우면서도 직장 생활을 포기하지 않고 자기 계발을 꾸준히 하여 이렇게 임원의 자리에 오르게 되었습니다. 그랬더니 저에게도 이런 영광이 오는군요. 여러분들도 포기하지 말고 끝까지 열심히 하셔서 인생의 승리자가 되십시오."

"성공을 하려면 '코에 넣은 생콩이 익도록' 열심히 하라." 언뜻 평범하게 느껴지는 이 말은 무한한 진리를 담고 있어 우리가 실제로 이 말대로 행하게 될 때 더욱 빛이 나게 되는 것이다.

훌륭한 리더가
갖추어야 할 것들

나는 세계적인 마케팅 전문가들로부터 배운 지식을 많은 사람들과 공유해야겠다는 생각으로 컨설팅 회사를 경영했다. 세계적인 기업을 운영하고 있는 그들은 바쁜 시간을 쪼개 자신의 경영 노하우와 철학을 수강자들에게 전수해 주었다. 그때 나는 그들의 열정적인 모습을 참으로 경이롭게 느꼈다.

'저렇게 눈코 뜰 새 없이 바쁜 사람들이 돈 되는 일도 아닌데 무엇 때문에 열정적으로 강의를 하는 것일까?'

그러나 막상 마케팅 전문가가 되고 나자 나에게도 내가 알고 있는 지식을 공유하고 싶은 욕구가 생겼다. 많은 사람들을 성공할 수 있는 길로 이끌고 싶었다.

성공하는 리더가 되려면, 먼저 다음과 같은 요건을 갖추고 있어야 한다.

1. 자기 스스로를 성공으로 이끌어 나갈 마인드가 있어야 한다. 사원의 자세가 아닌 리더의 자세, 주인의 자세를 갖자.
2. 모범을 보여야 한다.
3. 말과 행동이 같아야 한다.
4. 상대방을 섬길 줄 알아야 한다.
5. 용기와 비전이 있어야 한다.
6. 인격과 책임과 능력을 가지고 있어야 한다.

이것이 리더가 갖추어야 할 조건의 80%다. 나머지 20%는 그야 말로 기술적인 문제다. 그중에서 가장 중요한 것은 역시 리더의 인격일 것이다. 아무리 리더십이 뛰어난 사람이라 해도 인격이 완성되어 있지 않으면 그가 가진 리더십은 사회의 해악이 될 수 있다.

제2차 세계대전을 일으킨 히틀러는 리더십이 탁월한 사람이었다. 이미 10대에 많은 공장 노동자들을 선동해 노동운동을 할 정도로 웅변도 뛰어난 인물이었다. 그는 이러한 능력을 바탕으로 최고 권력의 자리에 올랐다. 그러나 그다음이 문제였다. 세계 정복의 야욕에 불타 전쟁을 일으킨 것이다. 그가 저지른 유태인 학살은 역사상 그 유례를 찾아볼 수 없는 악명 높은 일이었다. 그는 인격적으로 흠이 많은 사람이었다. 어린 시절에 어머니로부터 버림을 받았다는 설도 있다.

독일은 옳지 못한 철학을 가진 리더 한 사람 때문에 오랫동안 전쟁을 일으킨 전범국으로 낙인 찍혔고, 전쟁의 후유증으로 극심한 고통을 겪어야 했다. 이는 한 나라를 이끄는 사람의 잘못된 철학이 온 나라, 온 세계를 불행으로 몰아넣은 극명한 사례다.

비단 한 나라뿐만이 아니다. 가정에서 가장이, 직장에서 최고 경영자의 철학이 올바르게 확립되어 있어야 모두가 행복한 삶을 살 수 있다.

리더 양성 교육을 하면서 내가 가장 강조한 것은 인격과 좋은 품성을 갖자는 것이었다. 히틀러의 예에서 보듯이 인격이 제대로 형성되어 있지 않으면 남에게 많은 피해를 주고도 그것이 왜 잘못되었는지 모른다. 아니, 오히려 당연하다고 여기는 경우도 있다.

따라서 모든 일의 기본은 인격을 갖추는 것이다. 우리가 상대에게 사랑과 정성과 봉사를 다할 때 그 사람은 성공할 수 있고, 행복해질 수 있는 것이다.

진정한 리더는
사람을 변화시킨다

리더가 해야 할 일이 무엇인지 물으면 나는 다음 두 가지로 집약해서 답한다.

1. 리더는 능력자다. 그러나 자기중심적으로 일하면 실패한다. 상대방 중심으로 일을 지도할 수 있는 지도자가 훌륭한 리더다.
2. 리더는 자기를 희생하면서 다른 사람을 세울 수 있어야 한다.

인성이라는 회사를 설립하면서 나는 목표를 뚜렷이 세웠다. 첫째는 능력 있는 전문가를 양성, 그 전문가들로 하여금 사회에 봉사할 수 있는 기회를 열어 주는 것이었다. 사원들에게 잠재 능력을 일깨워 주고, 전문가로 길러 그 개인뿐만 아니라 국가에 도움이 되도록 하려는 것이었다.

둘째는 인성이라는 곳이 단순히 돈만 버는 직장이 아닌, 진정한 삶의 보람을 찾을 수 있는 직장이 되게끔 기업 문화를 가꾸어 가는 것이었다. 사원들이 안정감을 가질 수 있고, 정신적, 육체적으로 보람도 함께 느낄 수 있는 것이 인성의 문화인 것이다.

셋째는 건강 기능성 식품 전문 회사로서 고객의 건강을 회복시키고 병을 예방할 수 있는 상품 개발에 박차를 가하는 것이었다. 이 상품으로 고객 한 명 한 명의 건강한 삶, 나아가 건강한 사회를 만드는 것이다.

나는 사원들이 단순한 샐러리맨 혹은 세일즈맨의 차원에서 벗어나 스스로 작은 경영인, 리더가 되도록 시스템을 갖추어 놓았다. 그것은 당장엔 자본과 시간과 노력이 드는 일이지만 궁극적으로는 사원은 물론이고 회사에 이익이 되는 일이다. 능력을 갖춘 사람들이 많아질수록 회사의 발전 또한 확대되는 것이기 때문이다. 유태인의 경전 『탈무드』에 나오는 "고기를 잡아 주지 말고 고기 잡는 법을 가르치라."는 말과도 일치한다고 할 수 있다.

사람들은 흔히 자기중심적으로 일을 한다. 이는 어쩌면 당연한 일이다. 사람은 자기가 알고 있는 지식, 자기가 경험한 것, 느낀 것 중심으로 판단하고 행동하기 때문이다. 그러나 훌륭한 리더는 다르다. 자기중심적인 사고와 행동을 바꾸는 사람만이 훌륭한 리더가 될 수 있다.

대학교수가 유치원생 앞에서 강의를 한다고 가정해 보자. 대학생에게 하듯이 유치원생을 가르치면 어떻게 되겠는가. 유치원생은 감당을 하지 못한다. 유치원생 앞에서 강의할 때는 유치원생에게 맞게 강의를 해야 하는 것이다.

가정교육도 마찬가지다. 아이들의 문화를 이해하고 아이들이 아이들답게 공부할 수 있는 분위기를 조성해 주면서 엄마가 도와줄 수 있는 것이 무엇인지 생각해 보아야 한다. 아이들을 기를 때 즐겁고 재밌게 지도하는가, 아이들에게 비전을 주는가, 공부하는 방법을 정확하게 가르쳐 주는가, 목표를 주고 있는가 등을 염두에 두고 가르치면 아이들 교육 문제는 어려움 없이 해결되리라고 믿는다. 또한 상대방의 입장을 먼저 생각하는 아이로 성장할 수 있도록 가르치는 데도 신경을 써야 할 것이다.

또한 한 사람을 변화시켜 리더로 만드는 일은 봉사 정신이 없으면 이루어지기 힘들다. 사랑으로 감싸 주고 보살펴 주기 위해서는 어느 정도의 희생이 따라야 하는데 그 희생에 대한 대가를 바라면 안 된다. 시간을 투자했다고 해서 이익을 남기려고 하면 안 되는 것이다. 대가를 바라면 봉사를 할 수 없다. 마음을 비우고 하는 것이 봉사다. 봉사는 스스로가 행복해지고 보람을 느끼기 때문에 하는 것이다.

진정한 경영자는 사원들의 능력을 소모시키기보다 잠재 능력을 개발해 열 사람이 백 사람의 몫을 할 수 있도록 해 주어야 한다.

또한 일방적으로 기업을 사랑하라고 하지 말고 자연스럽게 기업을 사랑할 수 있도록 기업 문화를 만들어 가는 경영자가 되어야 한다. 기업 문화가 바뀌면 사원들의 마인드가 바뀌고, 회사를 사랑하는 마음이 생기게 된다. 그래야 사원들도 기업이 소중한 걸 알고 기업과 함께 성장하려고 노력하게 되는 것이다. 직장이라는 곳이 단순히 돈이나 벌려고 다니는 곳이라면 얼마나 힘이 들 것인가. 단순히 직업으로만 여기는 곳이 아닌, 함께 발전해 나가는 생활의 터전이 되어야 회사도 발전하고 사원도 발전할 수 있는 것이다.

어린 시절, 손톱에 물들였던
봉선화를 떠올리며, 손인춘 作

4부

모두가 행복한
세상을 위해

* * *

사업을 시작할 때부터
많은 사람들에게 후원하는 습관을 들였다.
그것이 바로 후원 기금 제도다.
비록 적은 돈이라도 누군가에게는
유용하게 쓰일 수 있다고 생각했기 때문이다.

아직도 고아원에

기부하십니까

20년 전의 일이었다. 경영자 모임에서 알게 된 어느 회사 사장이 전화를 걸어왔다.

"손 사장, 내일 골프장에 함께 가실까요?"

"내일은 안 됩니다. 일이 있어서요."

거절하고 끊으려는데 일요일은 쉬어야 하지 않겠느냐며 계속 함께 갈 것을 권유했다. 하는 수 없이 나는 내가 재단 이사로 있는 보육원에 사원들과 함께 자원봉사를 가야 한다는 사정 이야기를 했다. 그러자 그가 놀랍다는 목소리로 말했다.

"아직도 고아원에 기부하십니까?"

그는 내가 참으로 순진한 사람이라며 고아원에 기부를 하면 혜택도 못 받는데 왜 그런 일을 하느냐고 되물었다. 그러면서 기왕 하는 거 신문이나 방송 등에서 불우 이웃 돕기를 할 때 하면 회사 이름도 나고 좋지 않으냐는 충고까지 아끼지 않았다. 헛웃음이 절로 나왔다. 이웃 돕기나 자원봉사가 이름을 내기 위한 행위로 전락한 우리의 현실이 씁쓸하게 느껴졌던 것이다.

선진 외국의 경우 자원봉사가 생활로 자리 잡혀 있다. 그러나 우리나라에서는 아직도 자원봉사를 일부 특정한 사람들만 하는 것으로 인식하고 있다. 그나마 복지원이나 보육원 등의 운영 비리가 보도되기라도 하면 후원금을 보내 주던 사람들도 썰물처럼 빠져나간다고 한다.

"아직도 고아원에 기부하십니까?"라고 묻던 사장의 전화를 끊고 나서 나는 잠시 생각해 보았다. 그들을 돕지 않는다면 우리 사회는 어떻게 될까? 보육원이나 복지원을 운영하는 사람들은 힘에 부쳐 손을 들어 버릴 테고 그곳에 있던 아이들과 장애인들은 거리로 나앉을 것이다. 이는 곧 사회 혼란을 야기하는 요인이 되어 그들을 관리하기 위한 사회적 비용이 엄청나게 증가할 것이다. 그렇게 되면 결국은 누구에게 부담이 되는가. 바로 나 자신이다.

복지시설에 있는 사람들을 돕는 것은 그들을 위한 것이라기보다는 결과적으로 나 자신을 위한 일이다. 그러니 보육원을 돕는 일이 어찌 얼굴을 내기 위한 수단이 될 수 있겠는가.

보육원을 돕는 자세도 중요하다. 단순한 동정이나 연민으론 안 된다. 진정한 사랑이 바탕이 되어야 한다. 표 나지 않게 그림자처럼도

도와줘야 한다. 결코 소리를 내면 안 된다.

보육원에 처음 가는 인성내추럴의 사원들은 아이들을 보듬어 주고, 어루만져 주면서 아이들과 무척 잘 놀아 준다. 시설에 있는 아이들은 정에 굶주려 있기 때문에 사람들이 조그만 정을 주어도 그 정에 푹 빠져 버린다. 그러나 그들이 주는 사랑과 정은 지속되기 힘들고 그러면 아이들에게 오히려 혼란만 주게 된다. 정을 기대했던 아이들이 또 한 번 상처를 입는 것이다.

보육원을 운영하는 분들은 그럴 경우 아이들의 정서가 매우 불안해진다고 이야기한다. 아이들에게 질서가 없어진다는 것이다.

이런 문제들 때문에 나는 보육원에 자원봉사를 갈 때면 우리가 할수 있는 일만 하고 돌아오는 것을 원칙으로 한다. 지나치게 감정에 치우쳐 아이들에게 함부로 정을 주는 것은 올바른 태도가 아니다. 그렇기 때문에 우리는 소리 없이 가서 우리가 할 수 있는 청소나 빨래만 하고 소리 없이 돌아온다. 나는 그것이 보육원의 질서를 해치지 않는 일이라고 생각한다.

기업의 중요한 기능 중의 하나는 이윤의 사회 환원이다. 기업과 사회는 불가분의 관계에 있다. 사회가 건강하고, 안정되어야 기업은 그곳에 뿌리를 내리고 활동을 할 수 있는 것이다.

여러 대기업들이 기업 이윤의 사회 환원 차원에서 장학 재단이나 복지 재단을 설립하는 경우를 본다. 이러한 재단이 순수하게 어려운 사람들을 도와주기 위해서가 아니라 세금의 부담을 덜기 위한 수단이라고 생각하는 것을 볼 때마다 마음이 아프다.

서로 돕는 복지사회가 이루어져 하루빨리 이런 풍토를 불식하고 진정한 차원의 사회 환원이 이루어져야 할 것이다. 그것이 곧 우리나라가 선진국으로 가는 지름길이다.

후원 기금

　기업을 운영하던 중 새로 진급한 부장, 국장들과 서울 하일동에 있는 '실로암의 연못'에 다녀온 적이 있다. 그곳은 하반신에 장애가 있는 목사님이 운영하는 복지원으로 정부로부터 보조금을 받지 못해 형편이 아주 어려웠다. 그곳에 관한 이야기를 전해 들은 한 국장이 회의 때 그들을 도와주었으면 좋겠다는 의견을 내놓았고 마침 새로 진급한 사원들이 있어 우리 기업의 이념과 문화를 체험시킬 겸 그들을 데리고 복지원을 찾은 것이었다.

　우리나라의 경우 정부에 등록한 복지시설에만 보조금을 주도록 되어 있는데 법인으로 등록을 하려면 만만치 않은 기금을 마련해야 한다. 따라서 정부에 등록되어 있는 복지시설이 수용 인구에 비해 턱없이 부족해 많은 사람들이 미등록 사설 복지원을 운영하고 있는 실정이다. 이러한 미등록 복지원은 정부로부터 보조금을 한 푼도 받을 수 없다. 때문에 시설이 열악하고 매달 운영비도 조달하지 못해 극심한 경영난을 겪고 있는 경우가 많다. 그 당시에는 독지가들의 지원을 받아 근근이 운영하던 시설들도 IMF 외환위기 이후에 후원금이 많이 끊겨 더욱 어려운 생활을 하는 형편이었다.

'실로암의 연못'도 미등록 시설이라 사정은 마찬가지였다. 장애인 목사님과 사모님이 얼마 되지 않는 후원금으로 운영하고 있었는데 수용 인구는 점점 늘어나는 데 비해 후원금은 줄어들고 있어 고생이 말이 아니었다. 시설도 장애인들이 생활하기에는 너무나 불편했다. 하지만 복지원 사람들에게 그보다 더 좋은 안식처는 없었다.

가족들마저 돌볼 수 없다고 내팽개쳐진 장애인들을 목사님과 사모님이 헌신적으로 보살펴 그들은 비록 누추하나마 편안히 몸을 누이고 식사를 할 수 있었다. 그것만으로도 그들에게는 축복이었다.

복지원의 사모님은 몇십 명이나 되는 장애인들의 빨래를 세탁기도 없이 빨아대느라 병이 나서 허리를 제대로 펴지 못할 정도였지만 그들은 자신들의 고통을 고통으로 생각하지 않았다.

"남을 돕는다는 것, 봉사한다는 것은 결국 자기 스스로를 위한 일이 아닙니까?"

이런 말을 하며 해맑게 웃는 목사님 부부를 보면서 나는 그 어떤 얼굴보다도 아름답다고 느꼈고 그들의 말에 충분히 동감했다.

'실로암의 연못'에 우리 회사 제품과 후원 기금을 전달하고 돌아오는 차 안에서 사원들은 저마다 자신이 받은 감동을 이야기했다.

그중에는 보호시설을 처음 방문한 사람도 있었다. 그 사람은 지금까지 살아온 삶에 무척 부끄러움을 느꼈다고 했다.

어려서부터 할머니, 부모님께서 이웃과 마을을 위해 헌신적으로 봉사하며 살아가는 모습을 보고 자란 나는 그렇게 하는 것이 생활의 일부가 되었다. 내 주머니에 무언가가 있으면 남에게 주는 것이 버릇이 되었다. 나는 사업을 시작할 때부터 많은 사람들에게 후원하는 습관을 들였다. 그것이 바로 후원 기금 제도다. 비록 적은 돈이라도 누군가에게는 유용하게 쓰일 수 있다고 생각했기 때문이다. 사업이 아무리 어려워도 나는 반드시 후원 기금을 적립해 나갔고, 일정액이 모이면 복지시설에 기부하기도 했다. 빚더미에 올라 있을 때에도 후원 기금 적립은 그만두지 않았다. 그것은 하루 세 끼 밥을 먹는 것과도 같아 한 번이라도 빠뜨리면 마음이 편하지 못했다.

빚을 내서 기부를 한다면 남들은 웃을지도 모르지만 나는 실제로 빚을 내서라도 후원 기금을 모았고 우리 회사가 있던 지역의 학생들에게 학자금을 지급하기도 했다. 부끄럽지만 그 사실이 알려져 나는 1992년 서울 시민상을 수상하기도 했다. 사업에 재기한 후에는 후원 기금 적립 규모를 늘렸고 일정액이 모아지면 복지시설을 방문했다.

그렇게 하다 보니 한 직원이 자기도 기금을 내겠다고 나섰고 회사 내 사원들이 너도 나도 참여하기 시작해 모두가 자연스럽게 후원 기금을 내게 된 것이다. 많은 사원들이 회사에서 사회봉사 정신을 배웠고 자발적으로 사회의 어려운 곳에 봉사하려는 마음을 가지게 되었다. 그러자 후원 기금으로 큰 힘을 발휘할 수 있게 되었다. 우리가 돕는 시설은 점점 늘어났고, 규모도 제법 커졌다.

직원들은 각기 주변에 도움이 필요한 사람을 추천해 주기도 했고, 회사 내에 형편이 어려운 직원 자녀에게 장학금을 지급해 주기도 했다.

이밖에도 회사 식품을 불치병, 난치병으로 고통을 겪고 있으면서 금전적으로 어려운 사람들에게 무료로 지원하고 상품이 들어가는 지역의 실정에 맞춰 봉사 활동을 했다. 환경 운동, 노인 문제, 가정 폭력 피해자와 미혼모 지원 등이 인성내추럴에서 역점을 두고 있는 사회사업이다.

처음 회사에 들어와 이러한 문화를 미처 몸에 익히지 못한 사람들은 부담스러워하기도 했다. 그러나 어디까지나 자율적으로 이루어진다는 것을 안 직원들은 곧 부담을 털어 버렸다. 직원들은 혼자서는 쑥스러워서 그리고 형편이 어려워서 할 수 없었던 이웃 돕기를 회사 차원에서 하는 것에 대해 보람과 책임감을 함께 느낀다고 했다. 그들은 후원 기금을 내는 것을 굉장히 자랑스럽게 여긴다. 그들이 인성내추럴 사원이라는 사실을 자랑스럽게 생각한다는 것은 더 말할 것도 없다.

환경 운동은
우리들의 생명이다

2001년은 유난히 가뭄이 심했던 해였다. 몇십 년 만에 찾아온 가뭄으로 땅은 거북이 등처럼 갈라지고, 각 지역에서는 물을 찾기 위해 온갖 방법을 동원했다. 국민들의 위기의식도 커져갔다. 해마다 건기 때면 가뭄으로 농민들이 고통을 겪기는 했지만 어느 지역에 한정된 일이었지 온 나라 전체가 가뭄으로 고통을 겪은 경우는 드물었다.

가뭄은 농민들만의 문제가 아니었다. 일부 도시에서는 제한 급수를 실시했고, 공장에서는 공업용 용수가 없어 가동을 중단하기도 했다. 범국민적으로 물 절약 운동을 펼치기도 했다.

물이 맑고 풍부했던 우리나라도 이젠 물 부족 국가에 속한다. 이제는 물을 사서 마신다. 비가 조금만 오지 않아도 당장 먹을 물조차 없는 신세가 되어 버린 것이다. 금수강산을 자랑하던 우리나라가 이렇게 물 부족 국가가 된 이유는 난개발로 인해 물 관리를 잘못했기 때문이라고 한다. 아무 곳에나 빌딩을 지어 지하수의 흐름을 차단해 버렸고, 급격한 도시화는 빗물이 땅속에 스며드는 것을 방해해 물을 저장하는 기능이 상실된 것이다. 가뭄 때는 물줄기를 찾아 물을 뽑아 올리고는 방치해 둔 것도 물을 고갈시키는 데 한몫을 했다.

강물은 공장 폐수, 생활 폐수 등으로 오염될 대로 오염되었고 지하수까지 농약으로 오염되고 고갈되었다. 그러나 이는 비단 우리나라만의 문제는 아니다. 지구온난화로 전 세계적으로 기상 이변이 일어나고 사막화 현상까지 발생하고 있는 것이 현 실정이다. 물 부족 문제만이 아니라 대기오염, 토양오염 등으로 인해 인류는 위기에 처해 있다.

19세기 문필가 헨리 데이비드 소로우는 자신의 저서 『월든』에서 이미 인류의 급속한 문명화가 어떤 결과를 가져올지에 대해 경고한 바 있다. 인류는 그들의 편리를 위해 문명을 추구하지만 결국은 문명의 노예 생활을 벗어나지 못할 것이라는 사실을 우리는 상기할 필요가 있다.

환경오염은 인류 문명이 낳은 가장 불행한 자식이다. 지금 우리가 할 수 있는 일은 그나마 환경을 지키는 것이다. 이는 인류가 해결해야 할 가장 큰 숙제라고도 할 수 있다. 그것은 우리들만의 문제가 아니라 우리 후손들의 문제이기도 하기 때문이다.

2001년 세계자연보호기금이 전 세계 150개 국가를 대상으로 조사한 「사용 생태량 보고서」에 의하면 우리 국민 한 사람이 지구로부터 빌려 쓰고 있는 환경 빚이 세계에서 여덟 번째로 많다고 한다. 환경 빚이란 국민이 의식주를 처리하는 데 필요한 식량, 자원, 에너지를 얼마나 자급할 수 있는지, 생활하면서 방출하는 환경오염 물질을 얼마나 처리할 수 있는지에 의해 좌우되는 것으로 식량을 자급하지 못해 외국에서 수입하면 수입한 만큼의 빚을 지는 것이고, 숲이 적어 이산화탄소 등 환경오염 물질을 자국에서 처리하지 못하면 지구 환경에 빚을 지는 것이다.

좁은 국토에 인구는 많고, 자원은 부족한 우리나라는 외국에서 막대한 자원을 들여와 소비하면서 우리 국토가 흡수할 수 없는 오염물질을 뿜어내고 있어 세계에서 여덟 번째로 환경 빚을 지고 있는 것이다.

사실 경제 개발 논리가 모든 것에 우선하던 시절이 있었다. 식민통치와 전쟁에서 막 벗어난 우리나라는 세계에서 가장 가난한 나라 중 하나였다. 따라서 먹고사는 문제를 해결하는 것이 가장 시급했던 것이다.

1960년대 중반부터 실시된 경제개발계획은 오랜 가난을 벗어 버리고 새마을 운동을 통해 잘살아 보자는 데 국민의 힘을 결집시켰고, 그 결과 우리나라는 한강의 기적이라는 말을 낳을 정도로 눈부신 성장을 이룩했다.

그러나 그 성장의 그늘에서 남은 것이 바로 환경 문제였다. 20년 전에만 해도 기업들은 환경에 대해 부담감을 느끼지 않고 공장을 가동하기도 했다. 수출을 많이 해 외화를 벌어들이는 것으로 환경 오염에 대한 면죄부를 받을 수 있었던 것이다. 돈만 벌 수 있다면, 강에 폐수를 흘려보내도 아무런 죄책감을 가지지 않았던 것이다.

우리가 환경 문제에 대해 본격적으로 관심을 갖기 시작한 것은 1980년대에 들어서면서부터였다. 각종 환경 단체들이 생겨나면서 환경 파괴 현장을 고발하고 계몽한 덕분에 우리의 인식은 물론 기업들의 태도도 많이 달라졌다.

가정주부인 나는 아이들을 키우면서 환경 문제에 대한 위기의식을 공감해 환경 제품에 많은 관심을 가졌다.

내 고향 서산은 충청도의 바닷가 마을로 자연환경이 눈부시게 아름다운 곳이었다. 넓은 강물이 바다에까지 이어져 있었고, 갯벌은 우리들의 놀이터였다. 산과 들을 쏘다니며 자연의 향취를 마음껏 누리던 우리는 정서적인 면에서 매우 풍요로운 어린 시절을 보냈다. 그런 환경에서 자연을 사랑하고, 사람을 사랑하는 법을 배운 것이다.

반면에 지금 우리 아이들은 어떠한가. 도시의 빌딩 그늘에서 오염된 공기를 마시며 살아가고 있지 않은가. 참으로 안타까운 일이다.

나는 때때로 이런 생각을 해 본다. 요즘 안경 쓴 아이들이 늘어나고 있는 것은 텔레비전, 컴퓨터 등의 영향도 있지만 주변 환경이 나빠졌기 때문이 아닐까 하는.

몽고인들의 평균 시력은 5.0이 넘는다고 한다. 드넓은 평원에서 살아가는 유목민인 그들은 적의 침략으로부터 보호받을 만한 언덕이나 산 등이 없어 멀리 평원에 적들이 나타나는 것을 볼 수 있도록 시력이 발달해 있다는 것이다. 이를 뒤집어 보면 드넓은 평원에서 멀리 보는 것이 시력을 좋게 만드는 요인이 되었다는 뜻이 된다.

그러나 우리는 어떤가. 눈을 돌리면 회색 빌딩이 눈앞에 떡 버티고 서 있다. 굳이 멀리 볼 필요가 없기 때문에 시력도 발달할 필요가 없고, 많이 사용하지 않으니 근시로 퇴화되는 것은 아닐까. 아무튼 우리 아이들에게 좀 더 좋은 환경을 물려주는 것이 우리 세대의 책임이고 의무다.

그 때문에 기업을 운영하면서도 나는 늘 환경 문제에 관심을 가졌다. 비누 하나를 만들더라도 물을 덜 쓰도록 친환경적으로 만들었다. 수질오염의 60%는 생활 오수가 원인이라고 한다. 샴푸, 린스, 폼 클렌징, 락스, 보디 샴푸 등 우리가 무심코 사용하는 생활필수품이 실은 수질오염의 주범인 것이다. 이에 착안해 나는 비누 한 장으로 모든 것을 해결할 수 있도록 했다.

우리 회사의 비누는 먹을 수 있는 원료로 만들어져 환경오염을 예방한다. 비누 한 장으로 머리도 감고, 세수도 하고, 몸도 씻을 수 있기 때문에 물을 절약할 수 있다. 샴푸, 린스만 하지 않아도 물 사용량을 5분의 1 정도로 줄일 수 있는 것이다. 나는 비록 원료비가 많이 들더라도 비누뿐만 아니라 모든 제품을 자연에서 추출한 원료로 만들었다. 자연에서 나는 것은 자연으로 돌아갈 수 있기 때문이었다. 이는 나에게 어떤 소명 의식처럼 여겨졌다.

또한 우리 제품의 원료로 쓰이는 각종 내추럴 재료도 무공해로 경작을 하여 수급할 수 있도록 했다. 환경 문제는 무엇보다 스스로 실천하는 것이 가장 중요하다. 우리 회사의 기업 이념이 환경을 생각하는 기업이기 때문에 말로만 환경, 환경 하지 말고 직접 환경 운동을 해 보라는 취지에서 사원들 교육도 현장에서 실천하는 것을 중심으로 실시했다.

이런 내 의지를 잘 아는 우리 사원들은 매년 몇 번 산과 강 등으로 환경 운동을 하러 갔다. 계절별로 쓰레기 줍기 운동도 하고, 산불 방지 캠페인도 벌였다.

비록 거창하지는 않지만, 환경 운동에 참석하고 나면 사원들의 얼굴빛이 환해졌다. 그러면서 가정에서도 물 한 방울이라도 아껴 쓰고, 쓰레기를 조금이라도 덜 버리는 등 생활 속의 환경도 지켜 나가는 것이다.

인성 가족들은 국민 건강에 앞장서고 병을 예방해서 각자의 가정을 건강한 가정으로 만들어 좋은 일을 파급시키고 사회 문화를 좋은 방향으로 이끌어 나가는 데 대한 긍지와 자부심이 대단하다.

일본 바이어도 손든
마케팅 전략

　현대인들에게 건강 기능성 식품은 필수 식품이 되었다. 환경이 나빠지면서 인간의 자연 치유력이 많이 떨어져 상시 섭취하는 식품만으로 건강을 유지하면서 살 수 없게 된 것이다. 특히 농약 사용으로 인한 식품의 오염은 건강에 심각한 피해를 입히고 있다. 식품 오염이 문제가 되자 무공해 식품 등이 나왔지만 땅, 공기 오염 등으로 인해 그 말이 무색할 정도가 되었다. 새로운 건강법으로 각광받던 생식, 생즙도 이러한 문제를 안고 있어 결코 안전하다고 할 수 없다. 세계 기후 변화도 무시하면 안 된다. 아버지께서는 일찍이 기온 1도의 변화가 심장병 발병률을 2% 증가시킨다고 말씀하셨다.

　의료 기술의 발달로 생명이 연장되고 있는 반면 환경오염의 부작용으로 자연 치유력을 잃어 질병에 시달리고 있는 사람들이 늘어나고 있다. 몸은 오장육부가 건강할 때 수술을 해도 회복이 빠르고 부작용이 없어 건강한 몸을 유지하는 것이 무엇보다 중요하다.

　구약성서에는 노아나 아브라함, 이삭 등이 모두 백이십 세 이상을 산 것으로 나온다. 어떤 사람들은 이 부분을 믿지 못하고 상징적인 나이로 생각한다.

　그러나 그들이 몇 백 살 살았다는 것은 사실일지도 모른다. 구약 시대 당시의 공기, 땅, 물 등은 모두 약으로 써도 될 만큼 깨끗하고 건강한 기운을 가진 것들이었다. 그곳에서 생산된 곡물이나 과실 등도 당연히 그처럼 깨끗하고 건강했기 때문에 그것을 먹고 사는 사람들 역시 건강하게 장수했을 것이라는 생각이다.

　하지만 요즈음은 식품마저 오염되어 함부로 먹을 수 없는 시대가 되었다. 과거에는 밥이 보약이라고 했지만 요즈음은 밥만 먹어서는 안 된다. 각종 오염으로 나빠진 식품의 영양소를 보충해 줄 수 있는 영양제가 필요하게 되었고 이로 인해 건강 기능성 식품의 필요성이 강조되고 있는 것이다.

　인성내추럴의 기능성 제품은 자연적이며 최상급의 원료를 쓰지만 7~8년 이상의 개발과 함께 3~4년의 임상을 거친다. 또한 제품을 업그레이드하는 경우도 3~4년의 시간을 쏟는다. 그렇기 때문에 효능이 있을 수밖에 없다. 우리 제품의 목적은 배합 기술을 높여 제품을 섭취하는 인간의 몸이 건강해질 수 있도록 하여 결국에는 건강하게 살아갈 수 있도록 하는 데 있다.

병이 오는 이유는 복합적이다. 유전적인 요인을 보자면 어머니 80%, 아버지 20% 정도로 부모의 영향을 받는다. 불규칙한 식사와 같은 생활 습관, 심리적 스트레스, 환경오염이나 안전사고, 노화 등의 요인도 건강에 변수로 작용한다.

어떤 사람들은 의학으로 고치지 못하는 현대인의 질병 중 대부분이 그 원인을 알 수 없는 것으로 본다. 하지만 많은 사람들이 원인을 알 수 없는 질병은 섭생으로 온다고 보고 있다. 섭생을 잘하면 각종 불치병이나 난치병의 치료에 도움이 된다고도 한다. 이러한 이유로 일부 국가에서는 건강 기능성 식품을 대체의학의 영역으로까지 확대해 나간다.

그러나 우리나라에서 아직까지 인식을 바꾸려고 하지 않기 때문에 법적인 규제가 매우 심한 편이다. 건강 기능성 식품은 말 그대로 식품으로 규정해 놓아 대체의학적인 측면이 무시되고 있고 광고 등 각종 판촉 활동도 제제를 받고 있는 실정이다. 아무리 좋은 신물질과 상품이 개발되어도 규제가 많기 때문에 어려움이 따른다.

하지만 서양에서는 현대의학의 한계를 극복하기 위한 각종 대체의학을 연구하고 있는데 그 일환으로 건강 기능성 식품이 상당히 주목받고 있다. 이런 일련의 분위기가 맞물려 미국, 일본 측 바이어들로부터 우리 제품을 공급해 달라는 요청을 많이 받았다.

그러나 나는 그들의 제의를 거절했다. 돈을 벌 수 있는 좋은 기회라는 생각이 들고 또한 그들 나라에서는 우리나라만큼 건강 기능성 식품에 대한 규제가 까다롭지 않다. 시장 규모도 엄청나기 때문에 회사를 급성장시킬 수 있다는 생각도 들었다. 하지만 그렇다고 우리 제품을 함부로 줄 수 없었다. 원천 기술을 빼앗길 수 없어서였다. 우리가 소유한 원천 기술이 앞으로 100년 기업을 이룩할 수 있는 세계 최고의 기술이 되어 고객의 건강을 유지할 수 있도록 도와주며 이미 병을 가진 사람들에게는 건강을 회복할 수 있게 해 주는 슈퍼 기능을 함유한 원천 기술이기 때문이다.

일본 바이어들은 처음에는 이해가 안 된다고 했지만 벤치마킹하는 시대에 원천 기술은 우리에게 무척 중요하다. 그래서 우리는 특허도 받지 않는다.

이런 경영 마인드가 기업 이미지에 상당한 영향을 미쳤다. 일본은 물론 미국에서도 우리 제품에 대한 호응도가 높아 LA, 뉴욕 등지의 지사는 엄청난 성장세를 보였다. 2002년 8월에는 미국 서부 지역 지사의 사원들이 한국에 입국해 우리 회사에서 열흘간 교육을 받기도 했다.

어찌 보면 더디고 귀찮고 힘든 일이지만 이런 일들이 모두 소비자와 사원, 회사 그리고 경영자를 위하는 방법이라고 생각한다. 결코 단순한 차별화를 위한 일이 아니다. 궁극적으로 소비자를 위한 일이기도 하다.

새로운 경쟁 상품,
대체의학

　인간 게놈 지도 연구, 인간 복제 등 의학과 과학의 발달은 인간의 한계를 극복해 나가고 있는 것처럼 보인다. 인간 게놈 지도가 완성되면 모든 질병의 원인이 밝혀지고 인간은 질병으로부터 자유로워질 것이라는 이야기도 나온다. 인간 복제도 마찬가지다. 일부에서는 신인류가 탄생이라도 한 듯 호들갑을 떠는 모습도 보인다. 인간 복제 신청을 한 사람들 중에 한국인도 8명이나 포함되어 있다고 한다.

　이처럼 과학이 브레이크 없는 자동차가 언덕을 내려가듯 달려가고 있지만, 그 이면에는 많은 부작용이 있다. 의학의 발달이 인간을 질병의 고통으로부터 어느 정도 벗어나게 한 반면 그로 인해 인간은 더욱더 나약한 존재로 전락해 버리고 말았다.

　환경 호르몬, 약물 남용 등으로 인간은 자연 치유력을 점차 잃어가고 있다. 가만히 있으면 나을 병인데 참지 못하고 약을 남용하는 탓에 그 병의 원인균이 약에 내성이 생기고 그러다 보니 점점 더 약을 많이 먹게 되는 과정에서 인간은 자기 스스로 치료할 수 있는 능력을 상실해 가고 있는 것이다. 반대로 놀랍게도 바이러스나 병원균은 더욱더 강해지고 있다.

우리나라 사람들에게서 슈퍼 바이러스가 자주 발견되는 것은 이런 사실을 뒷받침하고 있다. 항생제 남용으로 인해 면역이 강해진 바이러스는 기존의 항생제로는 더 이상 죽지 않는 것이다. 인간은 약물로 인해 자연 치유력과 내성이 약해지는 반면 바이러스와 병원균은 약물에 대한 면역력을 점점 더 키워 왔다. 슈퍼 바이러스를 퇴치하기 위해 인간은 더욱 강력한 항생제를 만들 것이고 바이러스는 점점 더 강해질 것이다.

이러한 모습은 현대의학이 가져다 준 빛과 그늘이라고 할 수 있다. 의학의 발달로 여러 가지 질병은 퇴치되었지만 그 이면의 부작용은 만만치 않은 것이다.

이런 부작용과 아울러 현대를 사는 우리들에게 심각한 문제로 부상하고 있는 것이 바로 환경 문제다. 성장의 이면에 숨겨진 심각한 환경 파괴와 오염으로 인한 원인 모를 질병으로 인간은 심한 고통을 받고 있다.

대체의학은 여러 가지 문제점을 안고 있는 현대의학의 한계를 극복하고자 하는 측면에서 전 세계적으로 큰 관심을 불러일으키고 있는 분야다.

아버지께서는 일찍이 많은 환자들을 인체 중심의 원리에 입각, 민간요법을 겸해 처방하셨다. 이는 곧 우리 회사 건강 기능성 식품의 개발 원리였다. 서양의학이 질병의 원인을 국소적으로 본다면 한의학은 매우 포괄적이면서 전체적으로 본다.

인체는 고도로 정밀한 기계와 같다. 오장육부의 기능이 톱니바퀴처럼 맞물려 균형을 이루고 있기 때문에 어느 한 부분이 탈이 나면 인체의 균형은 깨지고 마는 것이다.

한의학은 오장육부가 서로 잘 조화를 이루고 균형을 이루어야 건강하며 병이 없는 건강한 상태로 보았다.

나는 이러한 한의학의 원리를 이용해 질병의 예방과 치료에 관심을 두고 대체의학적 측면에서 제품 개발에 힘을 쏟아 왔다. 화학 물질이 아닌 천연 약초에서 또 내추럴 신물질을 발견해 질병의 예방과 치료에 도움을 주고자 했던 것이다.

인성내추럴의 제품은 아버지께서 개발한 것으로 천연 물질에서 추출한 내추럴 원료를 이용해 만든 것이다. 질병을 직접적으로 치료하는 약은 아니지만 인체 기능의 균형을 찾아 주고, 오장육부를 건강하게 해 주어 자연 치유력을 향상시켜 면역이 높아지기 때문에 병을 예방하고 치유할 수 있게 된다.

우리나라 현행법은 사실상 대체의학을 인정하지 않고 있는 반면 서양에서는 동양의학의 원리를 이용한 각종 대체의학 연구가 활발히 행해지고 있다. 가까운 일본만 하더라도 대체의학에 대한 연구가 우리를 훨씬 앞지르고 있다.

우리나라는 그들보다 의학적 토대가 훨씬 좋은 데도 불구하고 현행법에 발목이 잡혀 더 이상 발전하지 못하고 있는 상황이다. 미국의 여러 대학에서는 40여 년 전부터 의과대학에 대체의학 전공 과정이 만들어졌다. 당연히 지금은 많이 발전해 있는 상태다. 그리고 우리의 전 제품이 까다롭기로 유명한 미국 FDA로부터 승인을 받은 것만 봐도 우리 제도의 경직성을 알 수 있을 것이다.

미국과 일본 등 여러 나라를 다니면서 나는 우리의 건강 기능성 식품이 얼마든지 경쟁력 있는 수출 상품이 될 수 있다는 판단을 했다. 그들이 추구하는 대체의학이 우리의 전통 의학을 근간으로 하고 있는 것이기 때문이다.

인성내추럴에서는 천연 물질에서 신물질을 개발하고 그것을 실용화하는 데 목적을 둔 대체의학연구소를 운영하고 있다. 나는 대체의학을 통해 건강을 잃은 사람들에게 건강을 되찾을 수 있다는 희망을 주고, 건강한 사람은 건강을 유지할 수 있도록 하고 있다. 이것이 인성 기능성 식품이 한국의 대체의학 중 하나로서 할 수 있는 일이다.

고객에게
신뢰를 주는 기업

아름다움과 건강을 추구하는 기업. 바로 우리 회사의 모토다. 아름다움이란 외형적, 육체적인 부분만 말하는 것이 아니다. 정신과 영혼이 함께 어우러지는 것을 뜻한다.

"건강한 육체에 건강한 정신이 깃든다."라는 말이 있다. 반대로 정신이 건강해야 육체도 건강해진다는 것은 자명한 이치다. 육체와 정신은 따로 떼어 놓을 수 없는 것이기 때문이다.

사업을 하면서 내가 가장 중점을 두었던 부분은 정신적인 건강부터 회복시켜 주자는 것이었다. 사회가 복잡해지고 다양해진 요즈음 많은 사람들이 뚜렷한 원인이 없는 질병에 시달리는 경우가 많다. 사람의 오장육부 기능은 80%가 모계, 20%가 부계로부터 영향을 받는다. 어머니가 약하면 아이도 약한 체질을 물려받는 DNA 문제도 있다.

기능을 물려받은 사람들이 스트레스가 많은 환경에서 생활하다 보면 금세 병이 들게 된다. 하지만 자기의 인체에 대해 바로 알면 질병은 예방할 수 있다.

병든 육체는 물리적인 치료와 회복이 가능하다. 그러나 정신이 피폐해지면 그 어떤 약으로도 고치기 힘들다. 물론 병든 정신을 치유할 수 있는 약이 전혀 없는 것은 아니다. 그 약은 바로 인간의 사랑이다. 사랑과 용서는 병든 정신과 상처를 치유할 수 있다고 나는 믿는다.

나는 사업을 하면서 우리 인간이 보다 건강해지려면 먼저 정신부터 건강해질 수 있어야 한다고 생각하고 그 부분에 많은 신경을 썼다. 그래서 좋은 상품을 개발하는 동시에 건강에 대한 바른 상식을 홍보하고 전파하는 데 신경을 썼다. 좋은 식생활과 바른 생활 습관 그리고 긍정적인 사고와 긍정적인 언어 사용도 정신과 육체를 건강하게 만드는 가장 큰 원인이다.

대부분 건강 기능성 식품은 건강한 사람보다 질병에 시달리고 있는 사람들이 많이 먹는다. 예방 식품인 우리 제품의 소비자 가운데도 환자가 많다. 가끔 그들이 상담을 하러 오면 나는 그들에게 먼저 긍정적인 파장을 전해 주려고 노력한다. 정신적인 안도감, 편안함, 평화로움을 전해 주기 위해 신경을 쓰는 것이다. 사실 병이 있는 환자, 특히 난치나 불치병을 앓고 있는 사람들은 자신의 질병보다 질병에 대한 공포감으로 인해 더 고통스러워한다.

그들에게는 정신적 위안을 주는 것이 필요하다. 실제로 질병을 낮게 하는 데는 정신적인 힘이 매우 중요한 역할을 한다. 미국의 한 학자는 일반인에게는 의사 가운을, 의사에게는 평범한 복장을 하도록 한 후 환자에게 약을 주는 실험을 했다. 그 결과 의사 가운을 입은 일반인에게서 치료를 받은 사람의 병세가 훨씬 호전된 것으로 나타났다. 질병을 치료하는 데는 그만큼 정신적 요인이 중요하다.

아버지께서는 약을 먹지 않아도 될 환자들에게는 약을 주지 않으셨다. 그러나 약을 먹어야만 될 것 같다고 우기는 환자에게 아버지는 약 대신 밀가루를 주시며 "그것 먹으면 말짱하게 날 거야." 하고 말씀하셨다. 나는 그들이 아버지 말 한마디에 안심을 하고 밀가루를 먹고는 정말 신통하게 통증이 가라앉고 건강해지는 모습을 종종 보았다.

우리 회사 사원 중에는 오랜 질병으로 고통을 받다가 우리 식품을 먹고 좋은 효과를 거둔 직원들이 많다. 건강 기능성 식품을 먹고 병이 나았다고 하면 우리나라에서는 과대광고, 과장 광고 등 법에 저촉되기 때문에 매우 어렵지만 나는 그들이 우리 식품을 먹고 몸과 마음의 건강을 되찾았다는 것을 자신 있게 이야기할 수 있다. 그이유는 오장육부가 건강해지고 면역이 좋아지면서 영양이 골고루 필요한 것들을 보충해 주니 몸의 환경이 좋아져 수술을 해도 회복이 빠르고 부작용이 줄어든다.

고객들은 인성 식품에 대한 믿음이 크다. 질병이란 몸의 균형이 깨지면 자기 몸 중에서 가장 약한 부분에 무리가 가는데 그것이 축적

되면 생기는 것이다. 건강 기능성 식품은 자신의 약한 부분을 보완해 주어 몸의 균형을 잡아 주는 역할을 할 수 있다. 오장육부가 건강해지면 강한 면역이 생기고, 이미 병든 부분도 회복이 가능해진다. 이 때문에 건강 기능성 식품은 직접적인 질병 치료제는 아니지만 결과적으로 질병 치유에 많은 도움이 된다.

사랑하는 사람을 만나면 웬만큼 아픈 것에 대한 고통을 느끼지 못한다고 한다. 몸속에 있는 엔도르핀이라는 호르몬이 분비되어 고통이 훨씬 줄어들기 때문이다. 엔도르핀은 즐겁고, 편안한 감정일 때 분비되는 물질로 우리 몸에서 마약과 같은 역할을 한다. 반면 화를 내거나 분노할 때, 스트레스를 받을 때는 아드레날린이라는 물질이 분비되는데 이는 혈관의 흐름을 위축시키고 몸속의 산소를 소비시켜 몸을 불편한 상태로 만든다.

그러므로 사람들에게 엔도르핀이 분비될 수 있도록 좋은 파장을 주는 것이 중요하다. 회사 사원들에게 가장 강조했던 것은 고객들에게 희망과 사랑을 전하라는 것이었다. 이는 바로 엔도르핀이 생성될 수 있도록 도와주는 것이다. 고객을 만나 밝고 따뜻한 인상을 주어 신뢰를 주고, 그들의 문제를 경청하여 함께 고민하는 자세를 갖는 것이다. 이는 고객으로부터 신뢰를 받을 수 있도록 해 준다.

FDA 승인을 받다

"대기업도 안 되는데 과연 될까요?"

미국 식품의약국FDA에 우리 회사 전 제품을 승인 신청하고 기다리고 있는 나에게 주변 사람들이 말했다.

"우리 회사 제품을 보면 알 수 있잖아. FDA가 아니라 그보다 더한 곳에서도 승인도 받을 수 있어."

나는 걱정 반, 비웃음 반인 시선들에게 자신 있게 말했다. 신상품을 개발한 지 5년 만에 미국 수출을 하게 되었고, 입소문을 타면서 수출은 빠른 성장세를 기록하고 있었다.

미국 진출은 우연히 알게 된 교포분이 교두보 역할을 했다. 그분은 1년간 물도 제대로 마시지 못할 정도로 건강이 나빴는데 우리 식품을 드신 지 15일 만에 비빔밥을 먹을 정도로 회복되어 주위 사람들을 놀라게 했다. 그로 인해 입소문이 번지면서 차츰 미국 본토

인들까지 인식을 하기 시작한 것이다.

굳이 FDA 승인을 받지 않더라도 수출에는 별 문제가 없겠지만 나는 정식으로 인정받고 싶었다. FDA가 워낙 까다롭기로 소문이 나 있지만 환자 치료에 바친 아버지 평생의 결정체가 바로 우리 회사 제품이었기에 나는 2000년 12월 FDA 승인 신청을 했던 것이다. 당시 국내에는 건강 기능성 식품에 관한 규제나 심사가 미비한 상황이었기에 공신력이 높은 외국기관에서 검증을 받고 싶은 마음도 있었다.

나는 모든 제품을 최고의 원료로 만든다고 자부하고 있었다. 그러나 막상 FDA 승인을 받기 위해 미국 현지로 간 우리 일행은 뜻밖의 장애물을 만났다.

FDA 승인을 얻기 위해 많은 기업들이 대행사를 통하지만 우리는 직접하기로 했다. 대행사를 이용하면 한 품목당 500만 원의 수수료를 지불해야 하는 데다 서류를 넣을 때마다 돈이 들어가는 등 비용이 만만치 않았기 때문이다.

FDA 당국은 우리가 생각한 것보다 훨씬 많은 자료를 요구했다. 그 과정에서 나는 그들이 우리를 신뢰하지 않는다는 것을 느꼈다. 아니, 우리를 신뢰하지 않는다기보다 그들은 한국 기업을 믿지 않았다. 우리나라 사람들이 FDA 승인을 받기 위해 제출한 샘플과는 다른 제품을 만들고 부정한 식품을 만든다는 불신이 팽배해 있었다. 이러한 사실을 우리는 나중에서야 알게 되었다.

우리는 그런 불신을 불식시키기 위해 그들이 요구하는 서류에 최선을 다했다. 부사장은 미국을 안방 드나들 듯이 드나들며 FDA가 요구하는 서류들을 밤새워 작성했다. 그들을 이해시키고 그들로부터 인정받기까지 최선을 다해 우리의 진실을 전달하려고 애썼다.

그 과정에서 우리는 웃지 못할 해프닝을 겪기도 했다. 통역이나 서류를 작성해 주는 통관사가 FDA 사람들에게 편법으로 접근을 해 보는 게 어떻겠느냐는 제안을 한 것이다. 이미 미국이라는 나라를 경험해 알고 있는 나는 그들에게 말했다.

"늦더라도 원칙을 지켜야 합니다. 이건 우리 회사의 문제만이 아닙니다. 국가적인 문제입니다. 앞으로는 그런 생각을 절대 하지 마십시오."

그렇게 노력하여 신청한 지 4개월 만인 2001년 3월에 그때 당시 우리 회사 전 제품이었던 8품목이 FDA 승인을 받았다. FDA 직원들은 우리의 성실한 노력에 감동을 받았다며 이렇게 말했다.

"인성내추럴은 한국 기업이지만 정말 솔직하고 믿을 만하군요."

FDA 승인을 받고 나자 미국 수출은 더욱 활기를 띠었다.

그해 8월에는 불경기임에도 불구하고 미국의 뉴욕, 로스앤젤레스, 라스베이거스, 텍사스, 샌프란시스코, 하와이 등지를 다니며 많은 매출을 올렸다. 그 기간에 마침 로스앤젤레스의 기독 방송으로부터 기업이 위기에 처했을 때의 오너들의 자세와 이념에 대해 강의해 달라는 요청이 들어왔다.

나는 그 방송을 통해 따로 돈을 들이지 않고 엄청난 홍보를 했고 미국 시장에서의 성공을 발판 삼아 유럽 진출을 모색하기 시작했다.

나는 미국이나 일본을 다니면서 우리의 동양의학이 얼마나 경쟁력 있는 수출품인지 절실히 깨달았다. 선진국은 대체의학에 대해 엄청난 개발 준비를 하고 있었고, 우리 제품에 대해서도 깊은 관심을 나타냈다. 그럼에도 불구하고 우리나라에서는 인정받지 못하는 현실이 너무나 안타까웠다.

어머니의 교육이
미래를 좌우한다

나무는 십 년 뒤를 보고 심고, 교육은 백 년 뒤를 보고 하라는 말이 있다. 이는 교육의 중요성을 강조한 것이다.

자녀를 둔 부모라면 자녀 교육 문제 때문에 한 번쯤 고민을 했을 것이다. 우리의 교육 정책이 갈피를 잡지 못하고 갈팡질팡하고 있는 탓에 혼란스러움은 더욱 가중되고 있다. 교육시스템이 흔들리는 것을 보고 마침내는 아이들 교육에 불안감을 느껴 이민을 가는 사람들도 늘어가고 있다. 지나친 학벌주의와 입시 위주의 교육 제도, 왕따 문제 등으로 우리의 학교 교육은 최대의 위기를 맞고 있다.

청소년의 인성 교육을 위해 매주 교육 현장을 방문했던 나는 아이들을 만나면서 정말 세태가 많이 바뀌었다는 것을 실감했다. 머리에 염색을 한 아이, 귀고리를 한 아이, 화장을 한 아이 등 겉모양만 보면 학생이라고 믿기 어려울 정도로의 복장을 하고 있었다. 과거에는 선생님들이 통제를 할 수 있었지만 요즈음은 통제가 불가능하다는 것이 선생님의 귀띔이다.

아이들은 또 아이들 나름대로 할 말이 많다. 겉모양만 가지고 자신들을 평가하지 말라는 것이다. 자기들의 개성을 존중해 달라, 획일적인 눈으로 보지 말아 달라는 이야기를 한다. 그들의 말에도 일리는 있다. 나는 그들과 대화하면서 내 정서에는 맞지 않지만 그들을 이해하려고 노력한다. 내 잣대로만 아이들을 봐서는 안 되기 때문이다.

아이들과 접하면서 나는 교육이 얼마나 중요한지 절실히 깨달았다. 교육 중에서도 가장 중요한 부분은 역시 가정교육이다. 따지고 보면 심각한 사회 문제로 번지고 있는 왕따 문제도 가정교육의 부재에서 비롯되는 것이다. 남을 왕따시키는 아이들의 심리 속에는 극심한 이기심, 남을 배려하지 않는 자기 본위의 사고가 깔려 있다.

내 아이가 최고라는 생각, 자신이 이루지 못한 꿈을 아이를 통해 이루어 보겠다는 허영심 등이 아이들을 심리적으로 압박하고, 그 압박을 견디지 못한 아이들은 남을 괴롭힘으로써 압박에서 벗어나려고 하는 경우가 많다.

아이들의 인성은 대부분 유아기 때 형성된다. "세 살 적 버릇 여든까지 간다."라는 말이 있듯이 한 번 형성된 인성은 좀체 바뀌지 않는다. 그 때문에 아이들 교육은 더 성장해서 습관이 되기 전에 하는 것이 좋다. 잘못된 습관을 바로잡으려면 몇십 배의 시간과 노력을 들여도 어렵다.

가정교육이 이렇게 중요한 데도 학부모들은 아이들을 학교에만 맡겨 버린다. 그리고 아이들이 잘못되면 학교와 교사 탓만 한다. 그러나 아이들의 인성은 가정에서, 생활 속에서 형성되는 것이기 때문에 부모는 아이들에게 열심히 사는 모습을 보여 주고, 모범적인 올바른 삶을 살아야 한다. 아이들은 자기가 본 바를 그대로 따르게 되어 있다.

나는 아이들이 아주 어릴 때부터 사회생활을 했다. 주변 사람들은 아이들이 학교에 들어갈 때까지는 엄마가 옆에서 보살펴 주어야 한다고 이야기했지만 나는 아이들을 떼어 놓고 사업을 했다. 아이들이 두세 살 때는 외국을 다니며 공부도 하고 원료를 직접 수입하기 위해 집을 비운 적이 많아서 아이들을 키우는 데 어려운 점이 한두 가지가 아니었다. 이렇게 아이들을 키울 때 내가 직접 돌볼 수 있는 상황도 아니었지만 한편으로는 아이들을 자율적으로 키워야겠다는 생각에 아이들을 떼어 놓고 일할 수밖에 없었다.

나는 온갖 집안일을 하면서 자랐다. 아버지께서는 내게 노동의 소중한 가치와 자율성을 가르쳐 주셨다. 나는 아버지의 가르침대로 아이들을 가르쳤다. 내가 아이들을 떼어 놓고 일을 하러 다니면서도 크게 걱정하지 않은 것은 아이들을 사랑하는 만큼 아이들도 나를 사랑하고 신뢰한다는 믿음이 있었기 때문이다. 내가 당당하고 떳떳하게 살아가는 모습을 보여 주면 아이들도 나를 이해해 줄 것이라고 믿었기 때문이다. 이런 믿음 때문인지 아이들은 무척 당당하고 바르게 성장했다고 나는 자부한다.

또한 사회교육도 가정교육만큼 중요하다. 사회의 어른들은 아이들에게 모범을 보여야 한다. 교육은 학교에서만 이루어지는 것이 아니다. 가정, 학교, 사회에서 동시에 이루어진다. 사회 환경이 점점 나빠지고 있는 요즈음 부모들은 아이들을 거리로 내보내기가 두렵다고들 한다. 온갖 유해 환경이 아이들을 유혹하고 있기 때문이다. 정신적으로 완전한 성장이 이루어지지 않은 청소년들은 유혹에 넘어가기 쉽다. 유해 환경을 없애는 것은 어른들 즉 학부모들의 몫이다. 아이들의 교육을 위해 어른들이 나설 때가 됐다. 내 아이만 잘되어서는 안 된다. 모든 아이들이 잘되어야만 내 아이가 바로 설 수 있는 것이다.

일산에 사는 주부들이 학교 주변과 일반 주택가에 마구잡이로 들어서는 러브호텔 등 유흥 시설을 철거하라는 민원을 시청에 냈고 시청은 이를 받아들인 적이 있다.

나는 일산의 주부들을 보면서 여자가 똑똑해야 나라가 잘된다는 것을 느꼈다. 과거에는 남편과 아이들을 정성껏 돌보고 살림을 잘하는 것이 현모양처였지만 이젠 가정뿐만이 아니라 사회와 국가를 위해 자신의 능력을 펼쳐 보이는 것이 현모양처라고 생각한다.

아이들 교육은 주부가 차지하는 부분이 더 많다. 그 때문에 주부들이 나서서 교육 문제에 관심을 가지고 신경을 써야 한다. 또한 이제 내 아이뿐만 아니라 남의 아이에게도 관심을 가져야 할 때다. 이

세상은 똑똑한 사람만으로 이루어지는 것이 아니기 때문이다.

　교육은 우리의 미래를 바꾸는 힘이다. 나는 교육 현장에서 아이를 보면서 교육 사업에 많은 관심을 갖게 되었다. 내 인생에 새로운 목표가 생긴 것이다. 그래서 60대부터는 청소년과 관련된 봉사를 하기 위해 문화복지재단을 설립하려는 계획을 가지고 있다.

직원들이 준 감사패

2001년 5월 2일, 거의 뜬눈으로 밤을 새우고 대지 위로 해가 떠오르는 광경을 유심히 바라보았다. 지방에 지사를 오픈하는 것이 이번이 처음은 아니었지만 꽤나 신경을 썼던 모양인지 뒷목이 뻐근했다. 나는 잠시 눈을 감고 기도했다.

회사에 도착하자 벌써 많은 직원들이 군산 지사 오픈식에 참석하려고 나와 있었다. 직원들은 제각기 대절한 버스에 올라타 출발을 기다리고 있었다. 그런데 버스를 경호하기로 한 회사 사람들이 아무 연락도 없이 나타나지 않았다. 우리 회사는 남성보다는 여성이 많아 이동할 때 혹시 사고라도 날까 싶어 부탁했던 것인데 출발 시간이 지나도 경호 회사 직원들이 나타나지 않았던 것이다. 전화를 걸어 봐도 불통이었다. 하는 수 없이 그들을 포기하고 출발할 수밖에 없었다. 군산으로 이동하는 버스 안에서 경호 팀이 오지 않아 속

상해하는 나를 보고 한 국장이 농담을 건넸다.

"사장님. 기대하세요. 군산에 도착하면 틀림없이 좋은 일이 있을 겁니다."

"좋은 일? 용돈이라도 줄 모양이죠?"

나도 마음을 풀고 농담을 했다.

군산 지사 사무실은 벌써 지사 오픈식 준비를 모두 해 놓은 상태였다. 그간 나는 사무실을 꾸미기 위해 수십 차례 서울과 군산을 오르내렸다. 직원들이 보다 쾌적한 사무실에서 근무할 수 있는 환경을 만드느라 책상 하나, 커튼 하나, 벽지 하나에까지 일일이 신경을 썼다. 여성들이 많은 회사인 만큼 화분과 꽃도 많이 가져다 놓았고, 벽에 아름다운 그림도 걸었다.

사람들은 사장이 무엇 때문에 그렇게 자질구레한 것까지 직접 챙기느냐고 하지만 내 생각은 다르다. 사장이 챙기지 않으면 누가 챙긴단 말인가. 우리나라 사람들은 사장이 되면 으레 넓은 사무실에서 커다란 책상 앞에 앉아 결재 서류에 사인만 하면 된다는 식으로 여기는 경향이 있다.

하지만 그런 식으로 사장 노릇을 한다면 그 순간부터 그들은 곧 '문의 즐거움'을 잊게 된다. '문의 즐거움'이란 어느 프랑스 시인의 시 구절로 왕들은 사소한 일상사의 즐거움을 모르는 불행한 사람이라는 것을 뜻하는 말이다. 거동할 때마다 시종들이 일일이 거들어 주어 문도 자기 손으로 직접 열지 못한다는 것을 빗대서 표현한 것이다.

우리나라의 사장들은 대체로 자신들이 왕인 것처럼 행동하지만 세계적으로 유명한 기업의 사장들은 어느 누구도 그런 권위에 사로잡혀 있지 않다. 세계적인 기업가이며 경영의 귀재라고 불리는 일본의 마쓰시타 고노스케는 손수 사무실 청소를 하면서 솔선수범을 보인다고 한다.

사장이 되면 허드렛일은 아랫사람에게 시키고 자신을 보다 큰일을 해야 한다고 생각하는 사람들이 많다. 그것이 고효율적이라는 이유에서다. 하지만 나는 회사 일에는 중요하지 않은 것이 결코 없다고 생각한다.

지금까지의 내 경험에 비추어 보면 중요한 일들은 모두 허드렛일에서부터 시작되었다. 손발을 움직이지 않으면 머리가 제대로 돌아가지 않는 경우와 마찬가지다. 사장이 허드렛일을 챙기는 솔선수범을 보여야 자연스레 사원들이 따르는 것이다. 이는 경영자로서 회사의 구성원인 사원들이 마음 써야 할 것이 무엇인지를 말이 아니라 몸으로 보여 주는 것이기도 하다.

앞서 이야기한 것처럼 군산 지사의 사무실 인테리어를 위해 나는 몇 번이나 서울과 군산을 오르내렸다. 그렇게 준비한 사무실이어서인지 우리가 임대해 있는 빌딩 관리인은 "앞으로 인성이 크게 발전해 이 빌딩 전체를 다 임대했으면 좋겠다."라는 말을 했다. 내 지론은 우리 회사가 사회 어느 분야에서든 모범이 되는 기업이 되어야 한다는 것이다.

군산 지사의 공식 오픈 행사에서 내가 가장 중요하게 생각한 것은 건강을 잃고 일자리까지 없는 군산 지역의 사람들에게 우리 회사 제품을 기증하는 일과 아주 적은 돈이지만 기부를 하고 일자리를 만들어 주는 일이었다. 나는 우리 회사가 가는 곳마다 그 지역의 불우한 이웃을 위해 봉사하기로 마음먹었다. 이는 내가 기업을 경영하면서부터 정해 놓은 원칙이다. 지역 사회에서 돈을 벌었으면 반드시 환원을 하자는 것이다. 지역 사회가 존재해야 기업도 존재하는 것 아닌가.

나는 그 목표를 지사 설립을 통해 어느 정도 실현해 가고 있다. 리더 훈련을 받은 많은 사람들이 전국에 있는 우리 회사 지사의 지사장으로 활동하고 있다. 그것은 지역 경제 발전에 도움을 주고 그 지역의 소외된 이웃을 돕는 일이다.

지사를 설립하면 나는 가장 먼저 그 지역에서 우리 기업의 할 일이 무엇인가를 찾는다. 이제껏 여러 지역에 지사를 설립하면서 가장 먼저 한 것은 우리가 도움을 줄 이웃을 찾는 일이었다. 자사가 보육원이나 복지시설과 자매결연을 맺고 그들을 지속적으로 돕는 것이다. 부산 지사는 부산 지역의 마약과 알코올 중독 등 약물 중독자들을 퇴치하는 것을 목표를 삼았다. 그뿐만 아니라 미혼모 보호와 기아 대책도 회사 차원에서 펼치고 있다.

이날 군산 지사 오픈식에서는 장애인 단체에 100만 원의 성금과 500만 원 상당의 제품을 기증하기로 계획했다. 하지만 막상 행사를 시작하려는 순간 100만 원을 준비하기로 한 경리 사원이 그 돈을 미처 준비하지 못했다며 난감한 표정을 지었다. 현지에서 돈을 찾으려 했었는데 그날이 휴일인 것을 미처 생각지 못했다는 것이다.

평소 현금을 가지고 다니지 않았던 나는 무척 당황했다. 그때 문득 전날 저녁 한 간부가 은행 시간이 지나 미처 입금시키지 못한 100만 원을 경호 업체에 지불하려고 핸드백에 넣어 두었던 사실이 떠올랐다. 나는 핸드백을 열어 돈 봉투를 찾았다. 반가운 손님처럼 봉투가 만져졌다. 덕분에 무사히 기부금을 전달할 수 있었다.

그것으로 모든 공식 행사가 끝났다고 생각했다. 그러나 사회자가 아직 마지막 순서가 남아 있다며 나와 부사장을 앞으로 나오라고 하는 것이 아닌가. 감사패를 전달하겠다는 것이었다. 어리둥절하고 있는 사이 직원들의 박수가 터져 나왔다.

아침에 차 안에서 좋은 일이 있을 거라던 국장의 말이 떠올랐다. 나는 벅찬 감동을 느꼈다. 그간 회사를 꾸려 오면서 겪은 온갖 어려움이 한순간에 씻겨 내려가는 것 같았다. 한편으로는 내가 감사패를 받을 자격이 있는지 생각해 보았다. 아무래도 이건 지금까지 잘해서가 아니고 앞으로 잘하라는 격려의 채찍 같았다.

저녁에 서울로 올라와 잠자리에 들 때까지 감동은 가실 줄 몰랐다. 뜻밖의 생각도 떠올랐다. 아침에 경호 회사에서 오기로 하고 오지 않은 일이 그들에게 지불할 100만 원을 군산 장애인을 돕는 데 쓰라는 하나님의 계획 같다는 생각이 든 것이다. 만일 경호 업체에서 왔더라면 나는 기부금을 내야 하는 순간 당황해서 어쩔 줄 몰라 했을 것이다. 그런 나를 생각하니 정말 다행이라는 마음이 들었다.

사람의 일이 반드시 사람의 힘으로만 되는 것은 아니다. 우리는 모르지만 보이지 않는 힘에 의해 움직여지는 일이 많은 것이다.

생명이 깃든 장미꽃에
날아드는 벌, 손인춘 作

5부

국민을 섬기는
국회의원이 되다

* * *

여성들이 각자의 자리에서
리더가 되어 활동을 지속한다면
사회 곳곳에서 사랑과 용서가 넘치는
대한민국이 될 것이라 확신한다.
나는 우리 아이들이 건강하고
행복하게 지낼 수 있는 환경을
유산으로 남기는 일을
앞으로도 지속해 나갈 것이다.

○

여군이었기 때문에
가능했던 일

　나는 약 6년간 여군생활을 했다. 2군사령부_{대구} 작전처와 인사처에서 행정부사관으로 복무했는데, 충실히 근무한 결과 여군 창설 이래 부사관 중사로는 최초로 여군학교 행정학 교관이라는 중책도 맡게 되었고, 이로 인해 당시 여군의 행정역량을 강화하는 데도 일조할 수 있었다.

　여군이었다는 인생의 큰 경험은 국회 국방위원으로서 의정활동을 하는 데도 많은 도움이 되었음은 물론, 현역 장병들에 대한 특별한 애정과 시선을 갖게 해주었다. 나 스스로가 군인이었기에 장병들에게 필요한 것은 무엇인지, 개선해야 할 사항은 또 무엇인지 알 수 있었으며, 이 때문에 나는 국회 국방위원으로서 국정감사 때의 현장시찰을 제외하고도 지금껏 27번이나 군부대를 방문했다. 현장에 답이 있다는 진리를 그 누구보다도 잘 알고 있었기 때문이다.

■ 2012년 9월 25일. 박근혜 대통령 후보와 강원도 양구 유해 발굴 현장시찰

　　나는 부대를 방문할 때면 최우선적으로 살펴보는 것이 있다. 바로 우리 장병들의 복지와 사기土氣 문제이다. 우리나라는 아직 전쟁이 끝나지 않은 휴전상태인 만큼 최첨단 무기를 개발하고 수입하는 데 많은 예산을 들이고 있다. 하지만 우리가 가장 중점을 두고 신경을 써야 할 부분은 바로 사람이다. 이는 최첨단 무기도 중요하지만, 그 무기를 사용하여 나라를 지키는 것도 결국 국군장병 여러분이기 때문이다. 복무환경과 처우개선, 복지·사기문제를 해결해야 최첨단 무기 및 군부대의 효율적 운용도 가능하다. 그렇기 때문에 나는 우리 장병들의 복지와 사기문제에 최우선적으로 관심을 두고 개선소요를 찾았다. 함대 침대 교체, 병 내무실 리모델링, 초급간부 BOQ·BEQ 신축 등등이 바로 현장을 찾아 사람 중심의 개선소요를 찾았기 때문에 이루어낸 성과다.

이와 함께 여군 간담회도 별도로 개최한다. 간담회를 통해 다양한 의견들이 제시되는데 이 중 여군들의 공통적인 애로사항은 복무 여건이다. 지금의 군대는 내가 복무했던 과거에 비해 많은 여건들이 나아지긴 했으나, 시설이 좋아지고 장비가 좋아지고 장구류가 좋아진 것에 비해 남성 중심의 군대문화는 여전하고 이러한 여건하에서 여군은 늘 약자일 수밖에 없다.

▌2013년 10월 23일. 해·공군 여군 간담회

▌2015년 11월 5일. 특전사 여군 간담회

2013년 가을 우리 사회를 충격에 빠뜨린 사건이 하나 발생했었다. 당시 방위사업청 국정감사가 한창 진행 중이었는데 전방 사단의 여군 대위가 자살했다는 비보가 들렸다. 무언가 석연치 않다는 느낌이 들었다. 소식을 듣자마자 국방위원장을 비롯한 동료의원들에게 양해를 구하고 장례식장으로 향했다. 그리고 딸을 잃은 슬픔에 오열하는 유가족들을 위로한 후 부대 관계자로부터 사건경위 등에 대해 보고를 받았다. 당시는 수사 중이라 뒷날 사건이 이렇게까지 커질 줄은 그 때는 상상조차 못했다.

　당시 유가족들은 세 가지 사항에 대해 요구했다. 장례절차, 순직처리, 여군 처우개선 대책 마련. 이 중 장례절차와 여군 처우개선 대책 마련은 충분히 받아들일 수 있는 부분이라 생각했다. 그러나 자살자에 대한 순직처리는 당시로서는 전례가 드물었기에 나조차 반신반의했다. 유가족들에게는 세 가지 요구사항을 꼭 관철시킬 것이라 약속하고 집으로 돌아왔다. 하지만 나는 그날 밤 쉬이 잠을 이룰 수 없었다. 앞길이 창창한 여군 후배를 잃었다는 슬픔에, 오열하는 유가족들의 피눈물 맺힌 눈망울이 아른거려 계속 뒤척이기만 했다. 그러길 두어 시간, 늦은 밤 문자 한 통을 받았다. 유가족 중 한 사람이 보내온 문자에는 그동안 부대에서 벌어졌던 실상이 적나라하게 적혀 있었다.

　다음 날 나는 육군본부 국정감사에서 유가족의 문자를 공개했다. 그리고 결국 상관의 성추행과 성폭행에 의한 자살이라는 결론을 도출했다. 이것으로 인해 자살한 여군대위는 순직처리되었고 유가족과의 약속도 지킬 수 있었다. 이 사건을 통해 장병의 자살사고 시에도 순직으로 처리할 수 있는 근거가 마련되었고, 여군에 대한 성차별과 성추행, 성폭력 근절 대책 마련을 지속적으로 강조한 끝에 현재는 각 군에서 여성고충상담관을 대폭으로 확충하여 운영하고 있다. 또 육군 양성평등센터, 해군 여성정책 · 고충상담센터도 개소하여 운영하고 있다. 현장에 답이 있다는 불변의 진리를 다시 한번 확인하는 소중한 경험이었다.

또 앞서 2012년 국정감사에서는 당시 금녀의 영역이던 3사관학교에서도 여생도를 선발해야 한다고 수차례 강조했다. 각 군 사관학교가 1997년 공군사관학교를 시작으로 여생도를 모집하고, 학군장교도 여성에게 개방한 지 오래인 상태에서 3사관학교만이 굳게 문을 걸어 잠그고 있는 상황이 이해되지 않았다. 결국 지속적인 요구 끝에 2014년 비로소 3사관학교도 여생도를 모집하는 쾌거를 이룰 수 있었다. 이는 비단 여군장교를 육성하는 기관이 하나 더 늘었다는 것에 그치는 것이 아니라, 국가에서 리더십과 전문성을 지닌 여성리더를 국비로 양성한다는 것에 의의가 있다고 하겠다. 또한 이를 시작으로 육군의 포병과 기갑, 방공병과도 여군에게 개방되며 비로소 올해 여군 1만명 시대를 열게 된 계기가 되었다.

그뿐만 아니라, 2014년 국정감사에서는 합참 창설 이래 여군과장이 단 한 명도 없었던 점을 지적한 끝에 2015년 합참 최초의 현

■ 2012년 10월 18일, 공군본부 국정감사

역 여군과장이 보직되기도 했다. 또 2015년 국정감사에서는 여군에 대한 남군들의 근본적인 인식 및 태도개선을 위해 각 교육과정에 6·25 전쟁과 함께 창설된 여군사 교육을 편성하여 교육하라고 강조한 끝에 올해 육군사관학교에서 시범교육을 실시하고 있다. 여군사 교육은 비단 여군에 대한 남군들의 인식 및 태도개선뿐만 아니라, 여군 스스로도 직업에 대한 자긍심을 높이고 자라나는 청소년들에게도 여군이라는 미래직업에 대한 올바른 인식과 희망을 심어줄 수 있을 것이다.

이와 함께 2015년 국정감사에서는 여군은 끝까지 올라가 봐야 임기제를 통해 준장으로 진급하고 2년 뒤 전역을 해야 하는 점을 감안해 2년 보직 후 또 다른 보직을 할 수 있도록 직제를 열어줄 것을 국방부장관에게 당부했다. 이와 더불어 능력이 인정되고 필요한 분야가 있다면 소장, 중장 등 그 이상의 직위까지도 진출할 수 있도록 여군 인사제도를 개선하라고 강력히 주문했다. 당시 국방부장관도 내 주장에 동의를 표하고 긍정적으로 검토하겠다고 약속한 만큼, 우리도 머지않아 미군과 같이 여군 대장을 보게 될 날이 올 것이라 기대한다.

우리나라는 전 세계 유일무이한 분단국가이다. 이미 정전협정을 맺은 지 60년이 지났지만 북한의 위협과 도발은 현재 진행형이다. 최근에는 국제사회의 우려와 경고에도 4차 핵실험에 이어 장거리미사일 발사를 강행함으로써 한반도의 안보위기를 고조시키고 있다. 나는 국회 국방위원으로서 북한의 위협으로부터 우리 국민들을 보호하고자 지속적으로 노력했다.

이를테면 국방위 국정감사를 통해 방산비리 등 군의 각종 부조리와 미비점을 지적하며 이를 해결하기 위한 대안들을 제시했다. 육군의 소형무장헬기, 해군의 KDX-Ⅲ, 공군의 킬체인 등 각 군의 무기체계를 적기에 전력화하여 국가안보를 튼튼히 해 줄 것을 주문하고 선택과 집중을 통해 방위산업을 대한민국의 신성장 동력으로 육성해 줄 것을 당부했다.

또한 적정수준의 국방예산을 확보해 줄 것을 강조하고, 연합 지위구조 개편 시 별도의 사령관을 임명하여 운영할 것과 공정하고 투명한 차기전투기F-X 사업 등을 추진해 줄 것을 강조했다. 이와

▮ 2014년 12월 21일. 김무성 대표님과 육군 12사단 국군 장병 위문 방문

함께 조건에 기초한 전작권 전환과 국방개혁 추진을 당부하고, 임 병장과 윤 병장 사건을 통해 불거진 군의 사법제도 혁신도 강력히 주문했다.

4년간의 의정활동 내용을 몇 장으로 정리할 수 없지만 국가와 국 민을 위하는 것이 무엇인지 끝임없이 고민하며 이를 해결하기 위한 정책 및 입법활동에 쉼 없이 매진해왔다. 또 국민을 대표하는 국회 의원으로서 어떤 상황이 닥치든지 내 일에 소홀하지 않고 국민들이 필요로 하는 것이 무엇인지 철저히 조사하며 국정감사 등 상임위 질 의를 준비했다. 그 결과 4년 연속 국정감사 우수의원으로 선정된 데 이어 2016년 2월에는 270개 시민사회단체가 수여하는 4년 종합헌

정대상을 수상하는 등 19대 국회에서 총 29개의 상을 수상하는 영예를 안게 됐다.

나는 내가 여군이었다는 사실에 대해 자부심이 크다. 군생활을 했던 6년간의 기간은 나에게 그 어디에서도 배울 수 없었던 소중한 가르침을 주었기 때문이다. 나는 군대라는 남성위주의 특수한 조직사회에서 스스로 어려움을 극복하며, 확고한 국가관과 책임감, 인내와 끈기 그리고 리더십을 배웠다. 이러한 나의 배움은 의정활동을 펼치는데 있어서뿐만 아니라 지금까지의 나의 삶에 확고한 나침판이 되어주었다.

국민에게 정말
필요한 것

　현장에서 직접 뛰며 많은 사람들을 만나다 보니 이들을 통해 알게 된 새로운 사실과 현상들이 입안으로 연결되는 경우가 많았다. 물론 방송과 신문 등 언론을 통해 고안해낸 법안들도 있었지만, 대개는 사람들과의 만남 등 관계 속에서 입안이 이루어졌다. 이 같은 결과 나는 19대 국회에 등원하자마자 소상공인 상권보호를 위한 '유통산업발전법 일부개정법률안'을 발의해 통과시키는 등 지금껏 대표발의 55건, 공동발의 925건 등 총 980건의 법률안을 발의했다.

　법안을 만들 때면 항상 심혈을 기울이기 때문에 법안이 계류되거나 통과되지 못한 채 폐기될 때면 늘 안타까움이 크다. 그중 유난히 애착이 가는 법안은 "손인춘법"이라고 불리는 '인터넷 게임 중독 치유에 관한 법률 / 인터넷 게임 중독 예방에 관한 법률안'이다. 이 두 법안은 불가피하게 인터넷 게임 중독에 이르게 된 사람들을 치유하고 지원함은 물론, 게임 중독에 빠지지 않도록 예방교육을 확대하자는 것이 주요 골자다.

무엇보다 게임 중독자를 판단하는 기준이 필요하다고 생각했다. 그러나 이러한 나의 주장이 그저 게임산업의 성장을 저해하는 것으로만 비춰져 안타까움이 크다.

▌2014년 7월 1일, '과도한 게임 이용 문제, 올바른 진단과 기업의 역할' 토론회

하지만 이와 달리 나에게 큰 보람을 느끼게 해준 법안도 많이 있다. 그중 하나를 소개하자면 '도로교통법 일부개정법률안'이다. 나는 기업의 CEO로 있을 때는 물론 국회의원이 된 후에도 외국에 나갈 기회가 많았다. 그러면서 소위 선진국이라고 불리는 나라에서 인상적인 장면을 자주 목격하게 되었는데 바로 구급차와 소방차가

오면 모든 차들이 모세의 기적처럼 길을 터주는 모습이었다. 우리나라에서는 좀처럼 볼 수 없는 장면이었기에 인상 깊었던 반면, 우리의 현실을 생각하며 안타깝기도 했다.

내가 대표발의한 '도로교통법 일부개정법률안'은 긴급자동차 중 구급차와 소방차, 혈액 공급 차량의 운전자가 운행 중 교통사고를 일으켜 다른 사람을 사상하거나 재물을 손괴한 경우에는 그 정상을 참작하여 형을 감경 또는 면제할 수 있도록 하고, 긴급자동차에 대한 진로 양보 의무나 주정차 금지의무 위반으로 긴급자동차의 통행을 방해하는 경우, 현행 20만 원인 벌금 및 과태료의 상한선을 30만 원으로 상향하여 긴급자동차의 통행권을 확보해주는 내용을 담고 있다. 이 법안이 통과되고 난 후 전국에 있는 많은 소방관들이 감사인사를 전했다.

사실 이 법안이 통과되기 전에는 구급차와 소방차 등 긴급자동차의 어려움이 많았다. 응급 환자의 이송, 화재 진압 등 긴박한 상황을 해결하기 위해 신속한 도착이 요구되지만 차로를 비켜주지 않는 차량들로 인해 통행에 방해를 받아 원활한 임무수행에 어려움이 있어 왔다.

또 긴급자동차가 임무 수행 중 교통사고를 일으키는 경우 그 본래의 긴급한 용도로 운행되고 있었을지라도 사고에 대한 책임을 져야 했기 때문에 운전자의 도로상 긴급통행에 부담이 되고 있던 터였다.

긴급자동차의 권리와 의무를 강화하여 긴급자동차 운전자가 사건이나 사고가 발생했을 때 능동적으로 활동할 수 있도록 여건을 조성해 주고 불필요한 경광등의 사용을 금지함으로써 국민들의 신뢰도를 확보하는 것이 개정안의 궁극적인 목적이었다.

또 하나를 소개하자면 학교폭력 피해학생 치유시설인 '해맑음센터'와 관련한 입법활동이다. 해맑음센터에서 피해학생들이 치유와 회복이 되어 행복해하는 모습을 떠올리면 조정실 센터장이 생각난다. 일전에 국회에서 학교폭력으로 상처받은 아이 및 그 어머니들을 모아 간담회를 가진 적이 있다. 당시 아이들의 상처 때문에 울부짖던 어머니들의 모습을 보며 밤잠을 설친 후 이를 해결해야겠다는 일념에 정부예산 지원을 위한 입법을 추진했다. 그 결과 대전에 해맑음센터가 만들어져 현재 학교폭력으로 상처받은 아이들이 치유되고 회복되고 있다.

이렇듯 내가 법안을 만들 때 가장 중요하게 생각했던 것은 '국민들에게 필요한 것이 무엇인지', '이 법안을 발의했을 때 혹여 선의의 피해자가 발생하지 않을지'이다. 그만큼 신중에 신중을 기해 법안을 입안하고 제출하기 때문에 반대에 부딪치거나 통과되지 못했을 때의 아쉬움은 더욱 클 수밖에 없다. 하지만 나는 국민을 위해 해야 할 일은 절대로 포기하지 않을 것이다. 앞으로도 국민을 위해 내가 할 수 있는 일이 무엇인지에 대한 생각은 절대 멈추지 않을 것이다.

제3사무부총장을 지내며

당시 새누리당 대표최고위원이셨던 김무성 의원님과 이군현 사무총장님, 강석호 제1사무부총장님, 정양석 제2사무부총장님을 비롯한 여러 최고위원님을 모시고 1년 남짓 활동한 제3사무부총장은 나에게 있어 그 무엇과도 바꿀 수 없는 특별함을 선사했다. 물론 4년간의 임기 중 2번이나 원내부대표를 맡고, 또 비례대표 중 처음으로 광명을 당협위원장을 맡았던 것도 뜻깊은 경험이었지만, 그동안 한 번도 없었던 직책이 신설된 후 처음으로 임명이 되었고 게다가 여성으로서 사무부총장에 임명된 첫 사례였기 때문이다.

비록 1년이라는 짧은 기간이었지만 당이 어떻게 조직되고 움직이는지 알 수 있었던 소중한 기회였다. 또한 직책에 대한 책임감도 느꼈기에 짧은 기간 많은 일을 해보려고 노력한 시간이었다.

당 대표 주관의 여성기업인 간담회, 사무총장 주관의 북한이탈주민 간담회 등을 개최하고 이들의 애로사항과 건의사항 등 현장의 목소리를 청취하며 해결해주려고 노력했다. 또 제3사무부총장의 역할이 여성과 SNS를 담당하는 것을 감안하여 SNS 조직 활성화 방안, 여성 공천방향 등 당무 혁신방안, 국민공감 프로젝트 등 다수의 보고서를 작성하여 당에 보고하기도 했다.

또한 당시 뜻을 같이하는 청년들과의 비전나눔 워크숍도 개최했는데, 그것이 인연이 되어 지금도 워크숍에 참여했던 청년들과 자주 소통하고 있다. 이와 함께 여성이 변하면 가정이 변하고, 가정이 변하면 사회와 나라가 변한다는 신념하에 전국여성모임도 종종 가졌는데, 여성인재를 양성하고 각 곳에 리더로 세우는 것이 바로 내가 해야 할 일이라고 생각했기에 이 모임은 지금도 지속적으로 개최하고 있다.

▮ 2014년 12월 24일. 여성 오피니언 리더 초청 오찬 간담회

1년간의 제3사무부총장직을 마치고 당 중앙여성위원회 수석부위원장으로서 이에리사 위원장님을 도왔다. 28년간 중소기업 CEO로서 지내다 보니 시간은 곧 돈이라는 신념을 가지고 있어 매시간을 성실하게 임하고 있다. 또한 국민의 대표인 국회의원으로서, 새누리당을 누구보다 사랑하는 당직자의 한 사람으로서 소명을 완수하기 위해 최선을 다했다.

아이가 행복한 대한민국
여성가족위원

　여성과 가족, 이 두 단어는 내가 뱉어내는 단어의 상당 비율을 차지한다. 그만큼 오래전부터 여성과 가족은 내 삶과 떼려야 뗄 수 없는 불가분의 관계이자 주요 관심사였다.

　2014년 6월 후반기 국회의 시작과 함께 나는 겸임 상임위로 국회 여성가족위원회에 보임됐다. 당시 두 번째 원내부대표가 되어 국회 운영위원회에서도 활동하게 됐다. 그러나 제3사무부총장에 임명되며 이 둘을 모두 놓아야 했다. 이렇게 여성가족위원이 되고 싶던 나의 바람도 멀어져갔다.

　그러던 중 2016년 1월 19대 임기 5개월 남기고 여성가족위원으로 보임됐다. 당시 여성가족위원이었던 강은희 의원이 여성가족부 장관으로 내정되며 그 자리를 이어받게 됐다.

평소에도 여성·가족·청소년 정책에 관심이 많았던 나는 강은희 여성가족부장관 인사청문회에서 여러 가지 정책대안을 제시했다.

먼저 사회적으로 큰 문제가 되고 있는 아동학대와 가정폭력의 문제점을 지적하며 근본적인 예방과 해결책을 요구했다.

또한 북한이탈주민 중 여성이 70%에 달하고 있다는 점을 지적하며 통일 대한민국의 주춧돌 역할을 하게 될 북한이탈주민 여성에 대한 조속한 정책수립을 요구했다. 그리고 청소년 게임 중독으로 인한 사회적 손실 데이터를 구체적으로 제시하면서 주무부처인 여가부에 대책 마련도 주문했다. 더불어 북한이탈가정과 다문화가정 등에 대한 역사교육도 강화해 줄 것을 당부했다.

그뿐만 아니라 여군들의 보육환경을 개선하기 위해 현재 국방부와 여성가족부가 협약을 맺고 시범운영 중에 있는 '비상시 아이돌봄서비스' 제도를 확대하기 위해 여성가족부의 전폭적인 예산지원도 요구했다.

비록 짧은 시간이었지만, 국회의원을 떠나 여성이자 두 자녀의 엄마로서, 그리고 이제는 손주를 둔 할머니로서 여성과 청소년 그리고 가정 모두가 행복한 대한민국이 되기를 소망하며 끝까지 내 역할에 최선을 다했다.

뜻깊었던 해외 방문

▌ 2014년 2월 20일. 중국 베이징 한·중 정기교류체제

　19대 국회 등원 후 지금까지 25번에 걸쳐 23개국을 방문했다.
국회 대표단으로서, 국방위원으로서, 여성의원으로서 외국을 방문

할 때면 대한민국과 대한민국
국회의 위상을 제고하기 위해
나름대로 최선을 다했다. 나는
해외에서 선진제도를 배우고
우리의 앞선 제도와 정책을 후
발국들에게 알리는 노력도 아
끼지 않았다.

▌2015년 12월 4일. 유엔 기후변화 회의 참석

해외방문 중 가장 기억에 남는 것은 유엔 기후변화 회의에서 반
기문 유엔 사무총장님과의 만남이었다. 유엔 사무총장이 한국인이
라는 것에 자부심을 느끼며 나는 한국 대표단의 일원으로서 회의
에 참석하여 온실가스 배출감소를 위한, 온도 1도를 줄이는 일에
전 세계 선진국 대통령들과 국회의원, 행정부 관계자들과 함께 심
도 있게 논의했다. 물론 우리의 박근혜 대통령께서도 참석하시어
변화된 세계 속의 한국의 위상에 걸맞은 예우를 받으며 국제사회에
서 대한민국 정부가 추진할 수 있는 다양한 방법을 소개하셨다. 반
기문 유엔 사무총장님께서도 기후변화 심각성을 감안하여 각국의 노
력을 독려하셨다. 그날 한국 대표단은 각국 간의 중재 역할을 자임하
며 전 지구적인 기후변화에 따른 노력을 이룰 수 있는 다양한 방안들
을 선제적으로 제시함으로써 다른 나라들로부터 호평을 받았다.

국회 국방위원으로서 유엔사 후방기기를 두 차례나 방문했지만,

그래도 이역만리 타국에서 국군의 위상제고를 위해 수고하고 있는 국군장병들을 만나 격려하는 것만큼 보람 있진 않았다. 세계 평화에 기여하려는 국군의 소명을 완수하기 위해 해외까지 파병 나와 근무하고 있는 장병들을 만날 때면 한없는 고마움을 느끼곤 했다. 이러한 경험이 내가 국방위원으로서 우리 장병들의 복지와 사기진작에 최우선적인 관심을 갖게 되는 동력이었을지도 모르겠다.

2015년 3월 16일부터 22일까지 나는 UAE, 남수단에 파병된 국군 한빛부대, 아크부대를 시찰하고 장병들을 격려하기 위한 길을 나섰다. 그러나 해외파병 장병들을 만난다는 설렘도 잠시, 한빛부대를 가기

아프리카전문국제구호개발NGO 아이러브아프리카의
아프리카 우물2만개 함께 파주기 운동에 함께한 김보리,김충섭 부부
이들은 결혼비용을 줄여서 탄자니아 초등학교 4000여명의 어린이에게 생명의 우물을 파주었습니다.

▮ 2013년 11월 6일. 자녀들과 함께 아프리카 우물파기운동에 참여

위해서는 아프리카를 거쳐서 가야 하는데 나는 그 길에서 아프리카 아이들의 모습을 보게 되었다.

그곳의 아이들은 학교가 없기에 열악한 환경에서 공부할 수밖에 없었다. 심지어 나무 위에서 아슬아슬하게 걸터앉은 채 공부하는 아이의 모습을 보며 마음 졸이기도 했다. 나는 당시에도 내 딸아이의 결혼식 축의금을 '아이러브아프리카 재단'에 기부하여 우물도 파고 학교도 건축하는 등 아프리카 아이들을 지원하고 있었지만, 이러한 모습을 보니 더 많은 도움을 주어야겠다는 생각이 다시금 들었다.

이 때문에 내 통장으로 들어와야 할 사무실 임대료와 보증금을 '아이러브아프리카 재단'으로 보내고 다른 보증금과 후원금을 빼서 열악한 환경 속에서 공부하고 있는 아프리카의 아이들이 편안하게 공부할 수 있는 학교를 짓도록 했다.

아프리카에서도 아이들이 마음 놓고 공부할 수 있는 환경이 마련되어 아이들이 단 한 명도 빠짐없이 배움에 대한 기쁨을 누리길 소망한다.

해외를 방문할 때면 항상 현지 한인들과 시간을 내어 간담회를 가졌다. 타국에서 겪고 있는 어려움과 애로사항을 듣고 해결해주는 것도 국회의원이 해야 할 역할이라고 생각했기 때문이다. 교민들의 애로사항, 특히 한국어 교육을 위한 예산지원 문제를 해결해주지 못한 점은 아쉽지만, 앞으로 어디서 무엇을 하든지 이들의 애로사항을 해결할 수 있도록 끝까지 노력할 것이다.

어려움에 빠진
필리핀 국민 돕기

　2013년, 필리핀은 최고 1만 2,000명이 사망하고 420만 명의 이재민이 발생했던 초대형 태풍 하이옌으로 많은 피해를 입었다. 이 때문에 필리핀 출신의 결혼 이주 여성인 새누리당 이자스민 의원이 '필리핀 공화국 태풍피해 희생자 추모 및 복구지원 촉구 결의안'을 국회에 제출했다.

　나는 이 소식을 듣고 가만히 있을 수 없었다. 특히 필리핀은 6·25전쟁 당시 한국 국민이 고통과 어려움을 겪고 있을 때 참전하여 도움을 주고, 전후 복구 시에도 많은 도움을 준 나라가 아닌가.

　나는 이자스민 의원과 함께 태풍으로 인해 어려움을 겪고 있는 필리핀을 찾아갔다. 그곳엔 수해로 인해 고립된 사람들이 꽤 많았다. 이 사람들은 이 상태로는 아무것도 할 수 없는 심각한 상황에 놓여 있었다.

그들에게 가장 필요한 것은 엔진이 달린 작은 보트였다. 그 보트 하나를 만들어 주면 한 가정에서 아이를 대학에까지 보낼 수 있다는 것이다. 나는 보트를 내 이름으로 하나, 아들 이름으로 하나, 그리 딸과 사위 이름으로 하나씩 세 개를 만들어 그들에게 보내주었다. 나의 작은 도움으로 그들이 살아갈 힘을 얻게 되었다는데 지금도 마음 뿌듯하고 스스로도 봉사는 내가 행복해서 하는 것이라는 것을 다시금 깨닫게 해주는 행복한 경험이었다.

▎어려움에 빠진 필리핀 사람들에게 기부한 보트

가장 중요한 것은 진심

국회의원이 된 후 의정활동을 하면서 많은 사람들을 만나게 되었
다. 나는 현장을 직접 뛰며 일을 하기에 많은 서민들의 삶이 얼마나
고단하고 힘든지 몸소 체험하여 잘 알고 있다. 힘들거나 아픈 사람들
을 보면 항상 도와주셨던 부모님을 보고 자란 나는 부모님과 마찬가
지로 힘들게 살아가고 있는 사람들을 보면 쉽게 지나치지 못한다. 그
중 부모님께서 나에게 주신 이러한 성품 때문에 특별한 추억이 된 가
족들이 있다.

첫 번째 가족은 내가 광명시에서 현장을 뛰며 알게 된 사람들이었
다. 이 가족은 어머니 홀로 5남매를 키우고 있었는데 어머니가 우울
증을 앓고 있어 자신감을 많이 상실한 상태였다. 어머니와 함께 있던
딸들도 우울증 증세가 있었고 밖에 나가는 것조차 꺼려 했다. 세 번

에 걸쳐 그 가정을 방문하며 상담을 했다. 이를 통해 중학생 딸이 나와 웃으면서 대화하며 공부를 열심히 하게 되고, 어머니 또한 정신이 회복되어 자신감을 갖고 직장을 다니게 되는 모습을 보면서 커다란 보람과 행복을 느꼈다.

또 다른 가족은 7남매 가정이다. 어머니는 당뇨 합병증을 앓고 있었고, 아들은 머리에 종양이 발견되는 등 앞이 캄캄했지만, 여러 가지 단계를 거치며 도우면서 어머니도 회복되고 아이도 건강하게 성장해 나가는 모습을 보니 마음이 뿌듯하다. 이 밖에도 많은 사례가 있지만 나의 행복했던 경험들이 자칫 개인의 프라이버시를 침해할 수도 있을 것 같아 더 이상 언급하지 않으려 한다.

국회의원이 되기 전부터 봉사활동을 꾸준히 해왔던 나는 오랫동안 고아들과 미혼모 그리고 장애인들을 도와주는 데 앞장서 왔다. 1992년 6월에는 저소득층 자녀 중고생 27명에게 3년 동안 장학금을 지원해 준 공로를 인정받아 자랑스런 서울 시민상사회복지 부문을 수상하기도 했다. 이러한 많은 봉사활동 끝에 감동인물로 선정되어 비례대표 공천을 받고 19대 국회의원이 되었고, 이후 진심으로 국민을 섬기는 국민의 대표로서 활동을 이어나갈 수 있었던 것이다.

부모님께서 봉사는 내가 행복해서 하는 것이라고 말씀해 주셨다. 나는 타인을 도와주는 부모님을 보며 그리고 어느 순간부터 남을 도와주는 것이 습관이 된 내 자신을 보며 다른 사람을 도와줄 때 가장 중요한 것이 무엇인지 깨달았다. 그것은 바로 진심이다. 진심이 아니었다면 나는 그들의 아픔을 내 것으로 느끼지 못했을 것이고 그분들도 선뜻 나의 도움을 받으려고 하지 않았을 것이다. 또 주님의 은혜로 내 것은 아무것도 없다는 것을 깨달았기에 웃음도 주고, 건강도 주고, 돈도 주고, 배려도 주고, 사랑도 주고, 행복도 나눠줄 수는 인생을 살 수 있었다. 나는 더불어 살아가는 사회에서 서로가 서로의 아픔을 보듬고 도와주는 것만큼 값진 일은 없다고 생각한다. 그렇기에 내가 어떤 직책을 감당하고 있든 나의 '봉사인생'은 멈추지 않을 것이다.

▌ 2014년 2월 10일. 어깨동무봉사단 연탄 배달 봉사

국회의원이 된 후
생긴 바람

의정활동을 하면서 제일 아쉬웠던 것은 일부 언론의 편파보도, 반대를 위한 반대를 펼치는 야당의 행태이다. 일부 언론매체에서 편견을 가지고 국회의원들을 매도하고, 국민을 위한다는 잘못된 판단으로 반대를 위한 반대투쟁을 벌이는 일부 야당의원의 모습을 볼 때마다 안타까움을 느낀다.

국회의원에게 가장 중요한 것은 국민과의 소통이다. 그렇기에 그 중심에 있는 언론과 국회의 한 축인 야당의 역할은 무엇보다 중요하다. 만약 언론의 신뢰성이 떨어진다면 국회의원과 국민과의 소통은 더 어려워질 것이다. 여야가 힘겨루기로 서로 적대시하기만 한다면 우리 사회가 갖고 있는 고질적인 병폐를 개선하며 어려움을 헤쳐 나가는 것은 더욱 힘들어질 것이다. 이념이 다른 두 나라가 살아가기 때문에 대한민국의 화합과 소통을 위해 더 많이 노력해야 하는 것이다.

나는 한 기업체를 운영했을 때와 마찬가지로 국회의원이 되었을 때도 성실하게 내가 해야 할 일에 최선을 다하며 일분일초도 허투루 보낸 적이 없다. 하지만 국회의원으로서 일을 하며 힘을 빠지게 만드는 것들이 있다. 바로 국회의원에 대한 편견이다.

국회의원은 국민들이 직접 뽑은 국민의 대표다. 그렇기에 국민들이 올바른 시선을 가지고 국회의원들에게 힘을 실어 준다면 그만큼, 아니 그 이상으로 국민들에게 보답할 수 있을 것이다

국회의원을 역임했던 사람으로서 언론과 국회의원들에 대한 바람이 있다면 대한민국 국민들 특히 청년들에게 비전을 주고 꿈을 꿀 수 있도록 환경을 조성해주고 희망을 주었으면 한다.

광명을 당협위원장

사퇴와 불출마 선언

　오랜 고민과 고심 끝에 2015년 5월 새누리당 광명을 당협위원장을 사퇴하고 20대 총선 불출마를 선언했다. 비례대표 국회의원으로 선출되고 3개월 후인 2012년 9월 새누리당 비례대표 국회의원으로는 처음으로 당협위원장을 맡아 총선 후 와해된 조직을 추스르며 대선과 지방선거에서의 승리를 이끌었다.

　또한 지역 숙원사업에도 나름의 역량을 쏟은 결과 광명시흥지구와 소하동 개발문제, 가구 공룡 이케아로 촉발된 광명 역세권 교통대란 및 소상공인 생존권 문제 등도 조금씩 개선이 이루어지고 있다.

　그뿐만 아니라 2013년 정부예산 430억 원과 행정자치부 특별교부세 15억 원 등 445억 원을 확보한 데 이어 2014년 정부예산 946억 원과 경기도 시책추진비 10억 원 등 946억 원을 확보하는 쾌거도 이룰 수 있었다.

    광명은 지정학적 교통의 요충지로서 구로디지털산업단지와의 유기적 협력 개발이 가능한 525만 평의 광명시흥지구가 있다. 국가·사회적으로 가장 시급한 250만여 명의 고학력 청년실업자 문제를 해소하며 100년 먹거리를 창출해 내기 위해서는 광명을 획기적으로 개발할 수 있는 IT전문가가 이 자리에 와야만 지역 발전을 이루어낼 수 있다고 판단했다. 그러한 생각 끝에 이 자리에 꼭 필요한 사람을 찾은 것이다.

    국회 국방위원으로서 4년간 활동하면서 느낀 것은 사이버안보의 중요성이다. 전 세계적으로 사이버테러가 심각한 상황이다. 남북으로 갈라진 우리나라 현실에서는 더 말할 필요도 없다. 그럼에도 우리나라는 이에 따른 대응체계가 약하고 전문가도 부족한 실정이다. 국가안보를 위해서도 사이버전문가가 더욱 필요했고, 주대준 총장

이야말로 자타공인 국내 최고의 IT전문가로서 청와대 대통령 경호실 차장과 카이스트 부총장 등을 거쳐 최근까지 선린대 총장으로 활동해온 사이버전문가이다. 나는 이분이 현재 광명과 우리나라에 꼭 필요한 인물이라는 생각을 했다.

나는 국회의원으로 활동하면서 '이 자리에 꼭 내가 있어야 한다'는 생각을 한 적이 없다. 그때그때마다 '국가에서 정말 필요로 하는 사람이 국회의원을 해야 한다'는 생각을 항상 가지고 있었기에 나는 선뜻 나의 자리를 내려놓고 광명과 국가를 위해 주대준 총장을 후임 광명을 당협위원장으로 모시며 총선 불출마를 선언했다.

나는 국회에 많은 분들의 신뢰와 하나님의 은혜로 입성하였기에 감사함으로 맡은 직책을 성실히 수행해 왔다. 나의 목표는 대한민국을 청년들이 살기 좋은 나라로 만들어서 아름다운 문화유산을 후세에게 전하는 것이다. 나는 이러한 목표를 가지고 내가 있어야 할 자리에서 정말 사람들이 필요로 하는 일을 앞으로도 해 나갈 생각이다.

그러나 한편으로는 그동안 나를 믿고 직간접적으로 도와주셨던 분들에게 죄송한 마음을 금할 길 없다. 비록 광명을 당협위원장을 사퇴하고 20대 총선에도 불출마했지만 앞으로도 광명의 성장과 발전을 위해 노력하고, 사회적 약자와 소외계층을 돌보며 지원하는데 내 모든 역량을 다할 것이다.

사회적 약자와
소외 계층을 위해

숨 가쁘게 달려온 시간들이 지났다. 지면의 한계로 인해 국회의원으로서 4년간의 활동을 모두 담지 못한 아쉬움도 있지만, 그래도 내겐 아직 할 일이 많이 남아 있다. 특히 우리 사회에서 소외되고 어려움을 겪고 있는 사회적 약자와 소외 계층을 돌보며 이들을 지원하는 것은 내가 앞으로도 쭉 이어 나가야 할 소명이다.

대기업에 밀려 어려움을 겪고 있는 중소기업과 소상공인들을 대변하며 이들이 활기차고 보람 있게 일할 수 있는 여건을 만들어 주는 것도 중소기업 여성 CEO로서 끊임없이 노력해야 될 일이 아닌가 생각한다.

또한 국회 국방위원으로서 대한민국의 튼튼한 안보를 뒷받침할 수 있도록 장병들의 사기와 복지를 확대하는 동시에 계급과 성에 의한 차별 등 군 내 불합리한 관행을 개선시키는 데 앞장서 왔던 만큼, 많은 의원들이 이 문제에 관심을 가지고 해결해 나갔으면 하는 바람이다.

현재 나는 여러 NGO 단체의 이사로 소속되어 많은 활동을 하고 있다. (사)한국씨니어연합 회장으로서 결식노인에게 도시락 지원을 하고 있고, 22년째 사회복지법인 '신망원'의 재단이사로서 보육 지원과 후원을 지속하고 있다. 이렇게 내가 몸담고 있는 사단법인들을 향후 '손인춘 문화복지재단'으로 통합한 후 이때까지 하던 일을 지속적으로 이어 나갈 예정이다.

특히 더욱 주력하고 싶은 일은 비행 청소년과 10대 미혼모를 위한 봉사다. 또한 다문화가정, 탈북자가정의 엄마를 포함한 대한민국의 엄마들에게 역사교육, 리더십교육, 인성교육을 시켜 가정의 변화를 꾀하고 아이들이 안전하게 성장할 수 있는 사회환경을 조성하고자 한다. 여성들이 각자의 자리에서 리더가 되어 활동을 지속한다면 사회 곳곳에서 사랑과 용서가 넘치는 대한민국이 될 것이라 확신한다. 나는 우리 아이들이 건강하고 행복하게 지낼 수 있는 환경을 유산으로 남기는 일을 앞으로도 지속해 나갈 것이다.

한 알의
밀알이 되어

나는 아직도 꿈이 많다. 30대 후반에 바이올린을 배운 언니가 오케스트라 단장이 된 것을 보면서 음악 연주가가 되는 꿈을 꾸기도 하고, 가끔은 전설 같은 사랑의 주인공을 꿈꾸기도 한다. 꿈을 꾸는 사람만이 자신의 꿈을 이룰 수 있다. 그렇기 때문에 나는 한 사람의 미래는 그가 꿈꾸는 대로 이루어진다고 믿는다.

마인드 컨트롤은 자신이 마음먹은 대로 자신의 능력을 개발하는 것이며 꿈을 꾸는 것은 자신의 삶을 마인드 컨트롤 하는 것이다. 꿈이 많았던 나는 꿈을 실현하기 위해 최선의 노력을 했고, 지금은 어느 정도 꿈을 이루었다고 자부한다. 기업을 통해 많은 사람들의 잠재 능력을 일깨워 개발하고 그들을 리더로 양성하는 꿈을 이루었고, 가난하고 소외된 사람들과 더불어 행복을 추구하는 꿈은 여전히 현재 진행형이다.

나는 국가와 환경을 생각하는, 정신이 살아 있는 리더 양성을 기업 경영의 가장 큰 목표로 세우고, 무엇보다도 우선하여 실천했다. 처음에는 색안경을 끼고 보는 사람들도 있지만 내 진심을 느낀 사람들은 나와 뜻을 같이했다. 그 결과 우리 회사의 많은 여성들이 훌륭한 리더로 변화되었고 그들은 자신의 삶을 변화시키는 것은 물론 가정과 사회에서 큰 역할을 해내고 있다.

우리 사회 구성원 모두가 올바른 생각을 가진 리더가 된다면 우리 사회가 얼마나 풍요롭고 아름다워질 것인가.

그런 차원에서 나는 내 인생의 마지막 꿈을 불우한 청소년들이 가진 상처를 치유하고 바로 세워 좋은 품성을 가진 사람으로 성장시키는 교육 사업으로 정했다. 이제는 국가적 차원에서 인격과 능력을 겸비한 인재를 양성하는 것이 우리나라의 미래를 위해 매우 중요한 일이라는 생각 때문이다.

요즘같이 어려운 시기에 국제사회가 원하는 훌륭한 리더들이 많이 양성된다면 우리나라의 미래는 더욱 밝아질 것이다.

나는 인성내추럴을 경영하며 기업 이익보다는 리더 양성에 더 힘을 기울였다. 그 결과 IMF라는 국가적 위기 속에서도 끄덕하지 않는 저력을 발휘했다. 많은 인재들이 어려움을 극복할 수 있는 원동력이 되었던 것이다.

지금 안 된다고 고민할 것이 아니라 교육과 훈련을 통해 많은 인재들을 양성하면 그 인재들에 의해 아름다운 미래가 만들어진다고 나는 믿는다.

나는 과거 월급 800만 원짜리 사장에 불과했다. 그러나 연봉 2억을 받는 사장이 부럽지 않았다. 왜냐하면 나의 경영 이념이나 기업문화 등이 어떤 회사와 비교해도 조금도 뒤떨어지지 않기 때문이었다. 나의 경영 이념인 "국민의 정신과 육체를 건강하게 회복해 주는 것"이 실현되어 고객이 회복되고, 그로 인하여 가정들이 변화될 때나는 행복함을 느낀다.

나는 이렇게 내가 행복감을 느끼는 일과 봉사를 꾸준히 해온 끝에 새누리당 감동인물로 선정되어 비례대표 공천을 받아 제19대 국회의원이 되었다. 나는 국회에 입성한 후에도 초심을 잃지 않고 현장을 직접 뛰며 국정활동에 임했다. 국민들의 말을 가까이서 듣고그들의 고통을 마음으로 느꼈기에 국민을 진정으로 섬기는 국회의원으로 거듭날 수 있었던 것이다.

나는 20대 총선 불출마 선언 후에도 국회의원으로서 열심히 일했다. 그리고 앞으로 내게 주어진 이 시간을 소외 계층을 지원하는데 최선을 다할 것이며 또한 끝까지 봉사를 멈추지 않을 것이다. 내가 몸담고 있는 사단법인들을 '손인춘 문화복지재단'으로 통합하여이때까지 해왔던 일을 지속적으로 이어 나갈 계획이다.

나는 내 스스로 한 알의 밀알이 되기를 소망한다. 그 밀알은 내가노력과 시간을 쏟아부은 만큼 여러 곳에서 커다란 결실을 맺게 될것이다.